墨痕

奥右筆秘帳

上田秀人

講談社

目次

奥右筆秘帳

墨痕《ぼっこん》

◆『墨痕──奥右筆秘帳』の主要登場人物◆

立花併右衛門《たちばなへいえもん》　奥右筆組頭《おくゆうひつくみがしら》として幕政の闇に触れる。麻布《あざぶ》箪笥《たんす》町《まち》に屋敷がある旗本。

柊　衛悟《ひいらぎえいご》　立花家の隣家の次男。併右衛門から護衛役を頼まれた若き剣術遣《つか》い。

瑞紀《みずき》　併右衛門の気丈な一人娘。幼馴染《おさななじ》みの衛悟を婿に迎える。

柊　賢悟《けんご》　衛悟の兄で、評定所与力《ひょうじょうしょよりき》。

大久保典膳《おおくぼてんぜん》　涼天覚清流《りょうてんかくしんりゅう》の大久保道場の主。剣禅一如《けんぜんいちにょ》を旨《むね》とする衛悟の師匠。

徳川家斉《とくがわいえなり》　十一代将軍。大勢の子をなす。衛悟に鷹狩り場で救われる。

松平　越中守　定信《まつだいらえっちゅうのかみさだのぶ》　奥州白河《おうしゅうしらかわ》藩主。老中として寛政《かんせい》の改革を進めたが、現在は溜間詰《たまりのまづめ》。

一橋民部卿治済《ひとつばしみんぶきょうはるさだ》　権中納言《ごんのちゅうなごん》。家斉の実父。大御所《おおごしょ》就任を阻んだ定信を失脚させた。

太田備中守　資愛《おおたびっちゅうのかみすけよし》　老中。一橋治済に近く、併右衛門に罪を着せようとしたことがある。

加藤仁左衛門《かとうにざえもん》　併右衛門とともに奥右筆部屋を率いる組頭。

山上丹波守《やまがみたんばのかみ》　賢悟が無役だったころの小普請組《こぶしんぐみ》の組頭。

冥府防人《めいふさきもり》　鬼神流《きじんりゅう》を名乗る居合い抜きの達人。大太刀で衛悟の前に立ちはだかる。

絹《きぬ》　冥府防人の妹。一橋治済を〝お館《やかた》さま〟と呼び、寵愛《ちょうあい》を受ける甲賀《こうが》の女忍《おんなしのび》。

村垣源内《むらがきげんない》　家斉に仕えるお庭番《にわばん》の頭《かしら》。根来流《ねごろりゅう》忍術の遣《つか》い手《て》。

藤林喜右衛門《ふじばやしきえもん》　お広敷伊賀者《ひろしきいがもの》組頭。定信には蕗《ふき》を、治済には摘《つむ》を側室として遣わす。

覚蟬《かくぜん》　上野寛永寺《かんえいじ》の俊才だったが、公澄法親王《こうちょうほっしんのう》の密命を受け、願人《がんにん》坊主に。

深園《しんえん》　東寺《とうじ》法務亮深大僧正《ほうむりょうしんだいそうじょう》の法弟子。幕府転覆《てんぷく》を狙い、寛永寺に乗り込む。

第一章　深き闇

一

江戸城大手門から十五町（約一・六キロメートル）、日比谷《ひびや》の薩摩《さつま》藩《はん》中屋敷で、島《しま》津《づ》上総介《かずさのすけ》重豪《しげひで》は来客を迎えていた。

「右大臣さまのご使者だというが、貴僧は」

「東寺《とうじ》の法務《ほうむ》亮深《りょうしん》大僧正《だいそうじょう》さまが、法弟子深園《しんえん》と申しまする」

問われた僧侶が名乗った。

法務亮深とは、右大臣近衛《このえ》経熙《つねひろ》の次男で、東寺の長者のことである。

「はて、法務亮深さまが、この重豪になんの御用でござろう」

重豪が首をかしげた。

近衛家と島津家はつきあいが長かった。とくに重豪と近衛経熈はかかわりが深い。近衛経熈は、重豪の娘で十一代将軍家斉《いえなり》の正室茂姫《しげひめ》の養親であった。これは、将軍の正室に外様大名の娘がなるという前例のないことへの反発を収めるためのものであった。もちろん、裏では莫大《ばくだい》な金が動いた。当然、その後のつきあいはそれほど親しいものではない。

近衛家からというならまだわかるが、その息子で僧籍に入った法務亮深からの使いを受ける理由に重豪は思い当たらなかった。

「お人払いを」

深園が求めた。

「なぜでござろう。人をはばかるようなお話など、困惑いたしまするが」

重豪はていねいな口調ながら、要求を拒んだ。

「この場でさせていただいてよろしゅうございまするか。わたくしどもはかまいませぬ。なれど、話が漏《も》れた場合、薩摩さまの責となりまするが」

淡々とした顔で深園が言った。

「なにを」

「亮深さまがお役目、法務とはなにかご存じでございまするか」

「京の名刹《めいさつ》東寺の執権職と理解しておりまする」

問われた重豪が答えた。

「おまちがえではございませぬが、それだけではございませぬ。法務とは、すべての密教僧の頂点。法務亮深さまが一言発せられれば、この国中の密教僧たちが動きまする」

「…………」

重豪が沈黙した。

密教の寺院は江戸に多い。もちろん薩摩にもある。民衆に広く仏法を浸透させた大乗仏教と違い、金剛乗《こんごうじょう》と呼ばれる密教は厳しい修行をもって悟りへ至るとする。

庶民への影響力は、それほど大きいものではないが、密教には天台宗《てんだいしゅう》、真言宗《しんごんしゅう》も含まれる。比叡山《ひえいざん》、高野山《こうやさん》、という二代霊場につながる社寺は多い。江戸では東叡山寛《とうえいざんかん》永寺《えいじ》がそうだ。将軍家菩提《ぼだい》寺である寛永寺の機嫌を損ねるのは、大名として得策ではなかった。

「承知いたした」

豪放でならした重豪が、あきらめてうなずいた。

「よろしゅうございますので」

近習《きんじゅ》が重豪の顔を見た。

「よい。下がれ」

重豪が手を振った。

「……………」

深園を睨《にら》みながら、家臣たちが下がっていった。

「これでよろしいか」

不機嫌な表情で重豪が確認した。

「床下の御仁《ごじん》は、まあ、よろしいでしょう」

あっさりと深園が見抜いた。

「な、なにを」

重豪が驚愕《きょうがく》した。

「薩摩には捨《す》てかまりと呼ばれるお役目があるそうでございますな」

「なぜそれを……」

深園の言葉に、重豪が息を呑《の》んだ。

「わたくしも密教修験でございますれば、ものの気配には敏感でございまする。でなければ、山深き大峰山《おおみねさん》での修行で生き残れませぬ。熊や狼《おおかみ》、毒蛇《どくへび》など、いつ襲ってくるかわかりませぬので。気を張っておらぬと命を落としまする」

感情のこもらない声で、深園が告げた。

「…………」

重豪が黙った。

「では、法務さまのお言葉をお伝えいたしまする」

重豪の反応や、床下の捨てかまりを気にすることなく、深園が話を始めた。

「将軍の外祖父になられてはいかがか」

「な、なにを」

大きく重豪が目を見開いた。

「力をお貸しする用意がある。そう法務さまはお伝えせよと」

深園が用件を続けた。

「島津は鎌倉《かまくら》以来の名門。源氏の末と、家柄もよく、朝廷崇敬の念も厚い。その血を引いた者が将軍となれば、公武の関係は、よくなろう。密教は国家鎮護の根本。天下泰平のため、密教すべてをあげてお手伝いいたそうとも」

「ま、待て。どういうことかわからぬ」

口調を整えるのも忘れて、重豪が止めた。

「はて、おわかりにならぬはずはございますまい」

わざとらしく深園が首をかしげた。

「あ、敦之助《あつのすけ》君を十二代さまにすると……」

敦之助とは、重豪の娘、家斉の正室茂姫が産んだ男子のことだ。

「おわかりではございませぬか」

深園が笑った。

「わかっておるのか。敦之助さまには三歳上の兄君がおられる」

「敏次郎《としじろう》君でございますな。たしか、お楽《らく》の方さまが寛政《かんせい》五年（一七九三）にお産みになられた」

「跡継ぎでもめることを気遣《きづか》われた上様が、敦之助君が生まれたときに、敏次郎君を嫡男となされた」

重豪が追加した。

「そして敦之助君は、御三卿清水《ごさんきょうしみずけ》家のご養子になさると決まった」

「そうだ」

「で、卿はご満足でございますかな」

「…………」

ふたたび重豪が黙った。

「もっといろいろなさりたいのではございませぬか」

誘うように深園が言った。

天明《てんめい》七年（一七八七）、重豪は嫡男斉宣《なりのぶ》に家督を譲って隠居した。とはいえ、実権は相変わらず握ったままであった。

もともと重豪は、別家加治木《かじき》島津の当主であった。

重豪の父重年《しげとし》は、島津本家を出て加治木島津を継いでいた。しかし、本家の跡継ぎがいなくなったため、島津家二十四代目の当主となった。ために重豪はわずか九歳で加治木島津の当主となるが、その翌年、父の養子として本家へ迎えられ、さらにその一年後、父の死を受けて、十一歳で薩摩藩主となった。その後、十九歳で後見役を廃止し、重豪は親政をおこなった。

蘭学への興味も深く、みずから長崎へ足を運び、オランダ人と面会したりもした。その後、薩摩に藩校造士館《ぞうしかん》を、武芸鍛錬《たんれん》の演武館《えんぶかん》を設立、さらにオランダ人から学んだ知識を使い、天文観測所明時館《めいじかん》や医師養成所の医学院《いがくいん》を作った。

しかし、その一方でオランダから持ちこまれる珍品の収集に目がなく、千両単位で金を浪費するなど、学校の建築や運営に費用がかかっているところに、重豪の贅沢《ぜいたく》が拍車をかけ、薩摩藩の財政を悪化させた。

　薩摩は桜島《さくらじま》の噴火で積もった火山灰に覆《おお》われていた。水はけが良すぎる火山灰の地はもの成りが悪く、米の収穫はとても表高に達していない。そこに江戸からもっとも遠い大名といってもいい薩摩藩は参勤交代にとてつもない費用がかかる。幕初から薩摩藩の財政はよくなかった。そこへ重豪の浪費が止《とど》めを刺した。

　あわてて重豪も藩政改革にのりだしたが、ときすでに遅く、重豪は責任を取る形で藩主の座を息子へ譲った。が、これは批判をそらすためでしかなく、実権を手放す気はなく、いまでも藩を牛耳っていた。

「外様《とざま》大名が将軍の舅《しゅうと》となったのは、初めてだそうでございますな。その名誉は大きゅうございましょう。ですが、将軍の外祖父となればよりいっそうでございまする。幕府も無下にはできませぬ。薩摩藩が幕府から金を借りることも難しくはございますまい。少なくとも、お手伝い普請《ふしん》などからは外されましょう。あの宝暦《ほうれき》の治水工事の悪夢がなくなるのでございますぞ」

「うっ」

　重豪がうめいた。

　宝暦の治水とは、九代将軍家重《いえしげ》の御世、長良川《ながらがわ》、木曾川《きそがわ》、揖斐川《いびがわ》の分流工事のことである。

木曾三川《さんせん》と呼ばれた美濃《みの》から濃尾《のうび》平野を通って伊勢湾《いせわん》へ注ぐ川は、その流れの複雑さ、川底の浅さから、少しの雨でもあふれて、甚大《じんだい》な被害をもたらしていた。

しかも、その流域には、御三家の尾張藩《おわりはん》、美濃郡代《みのぐんだい》の天領、小大名の所領が混在し、なかなか治水工事に対する意思統一が図れなかった。

そこで宝暦三年（一七五三）末、家重は薩摩藩主島津重年にお手伝い普請を命じた。

薩摩ではその工事の困難さと、費用の膨大《ぼうだい》さに大反対だったが、幕府の意向に逆らうのは、藩の存亡にかかわる。

薩摩藩国家老平田《ひらた》靱負《ゆきえ》は、藩士たちをなだめ、幕府の指示に従った。

お手伝いとはいいながら、実際は全額薩摩の負担であり、幕府はほとんど金を出さない。お手伝い普請は、形を変えた大名への嫌がらせであった。

それくらいは重々知っていた薩摩藩だったが、幕府の悪辣《あくらつ》さはそれ以上だった。ようやく工事を終えた場所が、何度も決壊する。あまりにおかしいと思い、夜中も見張っていると、幕府役人が人足を指示してやらせていた。これほどではないにしても、体力を使う普請であるのに、薩摩藩が雇った人足の食事は一汁一菜でないとならぬと命じてみたり、薩摩藩士にはものを売るなと地元の農家へ規制をかけてみたりと、手を替え、品を替え、邪魔をした。

かといって幕府役人へ手を出すことは、外様大名としてはできなかった。憤懣《ふんまん》やるかたない薩摩藩士は、つぎつぎと抗議の切腹をした。その数は、六十名以上となった。それに対しても、幕府は強硬であった。薩摩藩士を寺へ葬ることを禁止し、墓さえ建てさせなかったのだ。

幕府の妨害もあり、普請の終了は当初の計画より大幅に伸び、一年半の期間がかかった。また、費用も見積もりの倍以上、四十万両以上におよんだ。六十万両近い借財を抱えていた薩摩藩にとって、この費用は致命傷となり、財政は完全に破綻《はたん》した。

工事の完成を確認した平田靱負もその責を負って切腹するという、薩摩藩にとって、まさに地獄のお手伝いであった。

その恨《うら》みは、将軍家斉の正室に重豪の娘茂が入っても消えはしなかった。

「あれは吉宗《よしむね》公の遺言だとご存じでございましたかな」

「なにをっ」

さりげなく深園が口にしたことに、重豪が腰を浮かせた。

「これは、要《い》らぬことを申しました。どうぞ、お忘れくださいますよう」

深園が詫《わ》びた。

忘れろと言われれば、より気になるのが人である。

「なんのことじゃ。申せ」

最初の丁重な言葉遣いをかなぐり捨てて、重豪が命じた。

「よろしいのでございますかな。覚悟がお要りようになりますぞ」

「かまわぬ。さっさと言え」

重豪が急《せ》かした。

「竹姫《たけひめ》を覚えておられますかの」

「浄岸院《じょうがんいん》さまのことだな。よく存じておる」

大きく重豪は首肯した。

竹姫とは、公家の清閑寺《せいかんじ》熙定《ひろさだ》の娘であった。叔母が五代将軍綱吉《つなよし》の側室、大典侍《おおすけ》の局《つぼね》であったことから、江戸へ招かれ、大奥に迎えられた。子供のなかった大典侍の養女となった竹姫を気に入った綱吉は、自身の養女ともした。

将軍の養女となった竹姫は、その格にふさわしい嫁ぎ先として会津《あいづ》藩主《はんしゅ》松平《まつだいら》家《け》の嫡《ちゃく》男《なん》と婚を約するが、輿入《こしい》れ前に嫡男が死亡、続いて有栖川宮正仁《ありすがわのみやただひと》親王のもとへ嫁入りすることと決まったが、親王も他界してしまった。

武家の婚姻《こんいん》の常として、婚家へ移ってしまえば、婚礼の前でも後家扱いとなり、落飾し、生涯を婚家で過ごすのだが、竹姫は、大奥にいたままであったこともあり、尼とならずにすんだ。

六代家宣《いえのぶ》、七代家継《いえつぐ》と二代とも将軍であった期間が短く、竹姫の面倒まで手が回らず、ふたたび竹姫の名前が表に出たのは八代将軍吉宗《よしむね》の御世となってからであった。

大奥で花の盛りを無為に過ごしていた竹姫を哀れんだ吉宗は、その嫁入り先に薩摩藩島津家当主継豊《つぐとよ》を選んだ。いかに将軍の養女とはいえ、二度も嫁入り前に相手を失い、すでに二十五歳になっていた竹姫を正室として迎える大名はそうそうない。島津継豊は、毛利《もうり》から迎えた正室を亡くしており、家格、状況ともに竹姫にふさわしかった。

話を持ちこまれた島津家は、当初断った。将軍の娘を嫁に迎えるには、いろいろ物入りであったうえに、妻が当主より格上になるという面倒を嫌ったのだ。

しかし、幕府の意向は変わらず、ついに島津継豊は竹姫を正室に迎えることを了承したが、条件を付けた。

まず、島津継豊の跡を継ぐのは、嫡男益之助《ますのすけ》であり、竹姫が男子を産んでも薩摩の跡継ぎにはしない。次に体調の優れない継豊は隠居と同時に薩摩へ戻ることを認める。等々、薩摩藩は幕府に要求し、認めさせた。

　なかでも裏で交わしたものが大きかった。財政難だった薩摩藩は、竹姫の輿入れに化粧料をねだったのだ。これも幕府は呑んだ。一度だけのこととして、幕府は数万両を薩摩へ与えた。

「そのときの恨みを、吉宗さまはお忘れではなかった。しかし、吉宗さまは、島津さまへ竹姫を下されるとき、決して粗略にはせぬと約束された。腹が立ってもなにもできない。そこで家重さまへの遺言とされた」

　深園が語った。

「おのれ……」

　重豪が、憤怒《ふんぬ》した。宝暦の治水は、いまだ薩摩へ大きな傷を残している。薩摩藩士が二人集まれば、かならず話題となり、最後は憤慨《ふんがい》で終わるほど、深い恨みであった。

「復讐《ふくしゅう》されたのでござる。やりかえされてはいかがか」

「おうよ。せずにおくか」

　誘いに重豪がのった。

「敏次郎君が江戸城からおられなくなれば、十二代将軍となられるのは、敦之助君となるは、必定《ひつじょう》でございまする。となれば、薩摩島津家の血を引いた将軍の誕生。それこそ、島津を親藩にするくらいのことは容易」

「島津が親藩か……おもしろい」

親藩とは、徳川家の一門大名のことだ。

「そうなれば、どうしてもらおうか。父祖の地である薩摩を離れる気はない。だが、薩摩はあまりに貧しい。物成りのよい近江《おうみ》あたりに三十万石ほど加増してもらおうか。参勤交代を五年ごとにしてもらうのもよいの」

重豪が笑った。

「だが、なにをすればいい」

「後日、ご正室さまへお願いをいたしまする。もちろん、むちゃなことではございませぬぞ」

「ふむ」

小さくうなずいた重豪が、笑みを消して問うた。

「で、そなたたちは、なにをしてくれるというのだ」

「人を貸しましょう。茂姫さまの側《そば》にいる方々を遣うわけにはいきますまい。万一、見つかりでもすれば、いかに正室さまといえども許されませぬ。当然、薩摩藩もお取《と》り潰《つぶ》し」

　深園が述べた。

「うむ」

「ゆえに、茂姫さまとはかかわりのない者を用意せねばなりませぬ。それを我らがおこないましょう」

「なるほど」

　重豪が理解した。

「代わりにそなたたちはなにを求める。金か」

　鋭い目つきで重豪が尋《たず》ねた。

「薩摩藩に金を求める。子供が夜空の星を欲しがるようなもの」

　首を振りながら、深園が答えた。

「遠慮のない奴よ。では、なんだ」

「朝廷への禄《ろく》を増やしていただきたい」

　深園が言った。

　禁中 並 公家諸法度《きんちゅうならびにくげしょはっと》をもって、朝廷は幕府によって厳重に管理されていた。収入のほとんどを幕府に頼らざるをえない朝廷に与えられた領は、皇室領三万石、公家賄《まかな》い領《りよう》七万石、あわせて十万石という少ないものであった。

しかもこれは表高で、実高は精米までするとと四万五千石にしかならない。皇室にいたっては、年に一万三千五百石なのだ。これで御所を維持し、天皇、宮家の生活、身のまわりの世話をする役人や女官の給与を賄うのだ。どう考えてもたらない。

将軍の上にいるはずの天皇、その住まいである御所は、土塀《どべい》の多くが破れたままであり、その食事は一汁二菜、それも魚が膳にのることは滅多《めった》にないというありさまであった。

「どのくらいにせよというのだ」

「敦之助さまが、十二代将軍となられたならば、天皇領を十万石、公家の賄い領を倍の十四万石に増やしていただく」

はっきりとした数字を深園が言った。

「合わせて十四万石の加増か。妥当なところよな。それくらいならば、二つほど大名を潰せばすむ」

要求に重豪が納得した。

「大奥に茂姫さま付きの年寄《としより》で初島《はつしま》というのがおる。当家から茂姫さまへつけた者だ。その者から、連絡させよう」

「お待ちいたしておりまする」

重豪の言葉に深園が頭を下げた。

二

島津藩中屋敷を後にした深園は、江戸の町を東へと歩いた。

「二人、いや、三人か」

振り向きもせず、深園は後を付けてきている気配を読んだ。

「あのまま信じるほどの馬鹿ではないとのことか。もっとも、そうでなければ、遣えぬがな。馬鹿は思うがままに操れて、遣いやすいようであるが、こちらの考えていないことをしてのけるときがある。少し賢い者のほうが、先読みしやすく、遣いやすい。もし、後を付けてくる者がなければ、どうしようかと思ったわ」

辻《つじ》に来たところで、わざと深園は立ち止まった。あたりをうかがうような仕草を見せつけ、少ししてから曲がった。

「さっきの話を聞いているだろう。まったく無防備ではかえって警戒される」

深園は芝居を打っていた。

「拙僧《せっそう》を放置する。それは、馬鹿か、予想以上に賢いかどちらかだ。踊らせているつもりが、じつは逆だったでは、目も当てられぬ。島津重豪が、並でよかった」

深園は嘲笑《ちょうしょう》した。

ときどき、辻で止まりながら、深園は上野寛永寺へ入った。

「どなたさまでございましょう」

本坊である円頓院《えんとんいん》を訪れた深園に、出迎えた僧が訊《き》いた。

「東寺の深園と申す。公澄法親王《こうちょうほっしんのう》さまにお目通りを願いたい」

「……東寺の」

応対した僧侶が疑いの目で見た。

「法務亮深大僧正さまのお手紙である。これを門跡《もんぜき》さまへ」

深園は懐《ふところ》から書状を出した。

「しばしお待ちを」

僧侶が手紙を持って、奥へ引っこんだ。

「玄関先で待たすか」

身分を明らかにしたのだ。真偽を確認できていないとはいえ、客間へ通すべきであった。

「ご無礼をいたしました。どうぞ、門跡さまがお目にかかりまする」

「……」

小半刻《こはんとき》（約三十分）近く放置された深園は、不機嫌を見せつけ、無言でうなずくだけにした。

「こ、こちらで、今少しお待ちくださいますよう」

客間へ案内した僧侶が、怯《おび》えながら出て行った。身分ある者を怒らせたのだ。どのような罰を受けても文句は言えない。

「ふむ。さすがだの。襖絵《ふすまえ》も見事だ」

深園は襖絵や欄間《らんま》の彫りを感嘆して眺《なが》めた。

「畳《たたみ》も新しい。表替えをすませたばかりか。東寺の畳はいつ表替えをしたかの。大僧正さまのお遣いになる書院だけは、なんとか毎年やっておるが……」

おもしろくなさそうな顔を深園がした。

「それにこの香り。沈香《じんこう》だな。それもかなり質が良い。香に雑味がない。一度くべるだけで、どれほどの金が飛ぶやら」

深園があたりを見回した。

「襖にしみもなく、障子《しょうじ》につぎあてもない。昼間だというに四隅では蠟燭《ろうそく》が燃えている。徳川の菩提寺《ぼだいじ》は、ずいぶんと金の回りがよいと見える。居心地がよすぎよう。幕府が倒れれば、このすべてを失うこととなる。やる気が出ぬのも当然か」

冷たい声で、深園が独りごちた。

「お待たせをいたした」

しばらくして公澄法親王が現れた。

「こちらこそ、お約束もなしにお伺《うかが》いいたしまして、申しわけございませぬ」

すばやく雰囲気をやわらかいものとした深園が詫びた。

「いや、いい。門跡などといったところで、客でもないかぎり、遊んでいるようなものだからの」

公澄法親王が手を振った。

「手紙は読んだ。だが、なかには、そなたをよしなに頼むと、子細はそなたへ問うようにと書いてあっただけじゃ。今日は何用じゃ」

「大政奉還のことでございまする」

「……なぜそれを知っている」

さっと公澄法親王の顔色が変わった。

「法務は密教僧の統領でございますぞ。比叡山延暦寺《えんりやくじ》、日光山輪王寺《にっこうさんりんのうじ》といえどもその手のうちでございまする」

「……細作《さいさく》か」

細作とは忍《しのび》のことである。

「おまちがえなきよう。我らは敵ではございませぬ」

深園が首を振った。

「ただ、あまりにふがいないゆえ、少しお手伝いをして参れと、法務亮深大僧正さまより言いつかりまして」

「無礼な」

あまりな言いように公澄法親王が怒った。

「事実でございましょう。鷹狩りで何名死にましたか」

「うっ……」

公澄法親王が詰まった。

先日、松平定信《さだのぶ》と手を組んだ寛永寺は、十一代将軍家斉を江戸城から誘い出した。鷹狩りで品川《しながわ》まで来た家斉を、寛永寺はその戦力である日光お山衆《やましゅう》で襲った。

しかし、家斉の父一橋治済《ひとつばしはるさだ》の配下冥府《めいふ》防人《さきもり》、奥右筆立花併右衛門《おくゆうひったちばなへいえもん》の警固《けいご》である柊《ひいらぎ》衛悟《えいご》によって、防がれていた。

「では、そなたには良策があるというのだな」

「ございまする。ついては、覚蟬《かくぜん》どのをお呼びいただけましょうか。ご一緒にお話をさせていただきまする」

うなずいた深園が求めた。

「わかった」

手を叩《たた》いて人を呼んだ公澄法親王が命じた。

「茶など馳走《ちそう》しよう」

二人きりに戻った公澄法親王が言った。

「かたじけのうございまする。茶は落ち着きますゆえ」

「ああ……」

心の動揺が収まっていないことを見抜かれていた公澄法親王が、苦い顔をした。

寒松院《かんしょういん》には立派な茶室もあるが、公澄法親王は客間へ野点《のだて》の用意をさせた。

「寛永寺ご自慢の茶室を拝見いたしとうございましたな」

深園が残念そうに首を振った。

「茶室は用意に手間がかかる。遠方からでお疲れの客人をお待たせするのは、亭主として忍びない」

嫌みを公澄法親王は返した。寛永寺の茶室へ案内される来客は少なかった。供養に訪れた将軍、名門大名、幕府高官、代参できた大奥の年寄以上、出入りの豪商、朝廷からの使い、そして公澄法親王が認めた者だけである。

「お心遣い感謝いたしまする」

にこやかに深園が笑ってみせた。

「…………」

皮肉を軽くあしらわれた公澄法親王が黙った。

もともと茶道は静かなものである。公澄法親王が動かす茶筅《ちゃせん》の音《おと》と、風炉《ふうろ》の音《ね》だけが、客間を支配した。

「どうぞ」

「ちょうだいいたしまする」

公澄法親王から深園へ茶が差し出された。

手本のような作法で深園が、茶を喫した。

「これは、備前《びぜん》でございますか」

茶碗を深園が愛《め》でた。

「岡山池田《いけだ》侯《こう》よりいただいたものだ」

そっけなく公澄法親王が答えた。

「灰のかかりが、よい景色となっておりますな。それに備前にしては軽い」

公澄法親王の態度を気にすることなく、深園が続けた。

「門跡さま」

客間の外から声がした。

「待っていたぞ。入れ」

「ごめんくださいませ」

襖を開けたのは、覚蟬であった。

「急なお召しとうかがい……深園」

覚蟬が驚愕《きようがく》した。

「元気そうじゃの、覚蟬」

茶碗を置いて深園が覚蟬を見た。

覚蟬は上野寛永寺の僧侶であった。比叡山一の学僧として名をはせ、公澄法親王に請われて東下した覚蟬は、江戸に来て崩れた。

「煩悩《ぼんのう》を知らずして、信徒に仏の道を語れぬ」

覚蟬は、僧として禁じられている飲酒をし、女を抱いて、僧門から放逐《ほうちく》され、浅草《あさくさ》でその日暮らしをする願人《がんにん》坊主に墜《お》ちた。

もっともそれは隠れ蓑《かくれみの》であった。ありようは、徳川に奪われた朝廷の権を取り戻すためあえて市井に身を置き、公澄法親王の指示のもと、倒幕の準備に勤《いそ》しんでいたのだ。

「なぜ、おまえがここに」

客間へ入った覚蟬が、詰問《きつもん》した。

「かつては机を並べ、密教を習った仲とはいえ、今は身分が違う。きさまは放逐され、僧籍さえない下人。儂《わし》は東寺の法務亮深大僧正さまの代理を務める僧正である。控えよ」

深園が叱《しか》りつけた。

覚蟬と深園は、数年の間、比叡山延暦寺でともに修行をした仲であった。

「……うっ」

便宜上《べんぎじよう》とはいえ、願人坊主になりさがった覚蟬は、深園の言葉に反論はできなかった。

「といっても、幼きころの友誼《ゆうぎ》までなくしたわけではない。久しいな、覚蟬」

不意に深園が語気を和らげた。

「呼んでおいて、よく言う」

公澄法親王が、あきれた。

「懐かしさのあまり、戯《たわむ》れてしまいまして。お詫びしましょう」

軽く深園が頭を下げた。

「くっ……」

翻弄《ほんろう》された覚蟬が頰《ほお》をゆがめた。

「さっさと、始めよ」

深園の態度に、覚蟬と公澄法親王が嫌な顔をした。

「では、覚蟬。なにをしている」

「もう知れたのか」

「隠せるとでも思っていたのならば、おまえは愚かだ」

意外そうな表情を浮かべた覚蟬を、深園がたしなめた。

「つい五日前のことぞ」

覚蟬が絶句した。

「江戸から京まで、修験者《しゅげんじゃ》なら五日で行こう」

「馬鹿を言うな。報《しら》せを受けてから江戸へ下る日数もかかろう。どんなに早くても十日はかかるはずじゃ」

　日数が合わないと覚蟬が否定した。

「やれ、身を堕《おと》すと、ここまで愚かになるのかの」

　深園が嘆息した。

「なにを……そうか。鷹狩りの前に報せがいっていたのか。なるほど。成否は別にして、その結果をたしかめるために、前もって京を出ていたのか」

「そうだ。かつてのおぬしならば、とうに気づいていたはずだ」

　冷たい声で深園が言った。

「襲撃が失敗したとの報は、箱根《はこね》で受けた」

　深園がじっと覚蟬を見た。

「誘い出したのは、良策であった。江戸城に籠《こ》もられれば、こちらから攻めることはまず無理だ」

　手段を深園が褒《ほ》めた。

「いわば舞台をこちらで用意できたのにもかかわらず、どうして、失敗した」

「将軍の守りが思ったよりも厚かった」

　覚蟬が述べた。

「違う」

深園が否定した。

「こちらが薄かったのだ」

「うっ」

断じられて覚蟬が詰まった。

「倍出していれば成功していただろう」

「それだけの数のお山衆がおらぬ」

公澄法親王が首を振った。

「門跡さま、しばしご沈黙を願いまする。覚蟬、おまえが答えなければならぬ。門跡さまに言いわけをさせるな。責を門跡さまへ押しつける気か」

「馬鹿を言うな。すべては、儂の責任じゃ。門跡さまに罪はない」

覚蟬が怒った。

「ならば、おまえが話せ。なぜ、もっと人を出さなかった」

「お山衆が足りなかった」

「たわけがっ」

深園が怒鳴《どな》りつけた。

「足りなければ、他に声をかければすんだろうが。京へ報せてくれれば、何十人でも出せたぞ」

「いや……」

「功を一人占めしたかったか」

弁解しようとした覚蟬を、深園が遮《さえぎ》った。

「そのようなこと……」

「ならばなぜ、我らに声をかけなかった。徳川が天下を取って以来、二百年にならんとする歴史のなかで、最大の好機だったはずだ。もし、我らが参加していれば、今ごろ将軍はこの世におらず、幕府は大きく混乱していただろう。家斉の子供はまだ小さい。将軍宣下《せんげ》を誰に与えるか、朝廷が主導を握れたはずだ。幕府を倒すことはできずとも、大きく朝廷の権を伸ばせたろう」

「…………」

覚蟬は黙った。

「比叡山きっての知恵者ともてはやされて、天狗《てんぐ》になったな、覚蟬」

「言い過ぎだぞ。深園」

聞いていた公澄法親王が、口を出した。

「いいえ。今回の失敗は、多くの人を失っただけではございませぬ。これで、将軍は城から出なくなりました。覚蟬は、我らの手立てに枠をはめてしまったも同然」

深園が公澄法親王へ言い返した。

「……それは」

公澄法親王も正論の前に、それ以上は強くでられなかった。

「覚蟬」

「なんじゃ」

氷のような声で呼ぶ深園に、覚蟬は応答した。

「今後は、儂の指示に従ってもらう」

「なんだと」

覚蟬が驚愕した。

「これは法務さまの命《めい》じゃ」

「しかし、江戸のことは儂に一任されていたはず」

「結果が出ぬから、吾《われ》が来た。無駄にお山衆の命を使い潰したくせに、まだ失敗を重ねる気か。おまえの命で何人のお山衆が死んだ。二十名ではきかぬのだぞ」

「皆、覚悟のうえじゃ」

「ふざけるな。無駄死にを覚悟する者などおるか。少なくとも礎《いしずえ》となれる。だから吾が命を差し出せた。その思いに、そなたは応えたのか」

「…………」

覚蟬は一言もなかった。

「門跡さま。今後はわたくしめが、指揮をとらせていただきまする」

「よいのか、覚蟬」

「いたしかたございませぬ」

公澄法親王の確認に、覚蟬がうなだれた。

「では、打ち合わせに移りたく存じまするので、門跡さまは、お引き取りを願います る」

「……わかった」

もう一度覚蟬を見た公澄法親王だったが、それ以上言わず去っていった。

「覚蟬。今までの経緯を教えてもらおうか」

失意の覚蟬を気遣うことなく、深園が訊いた。

「わかった」

覚蟬が顔をあげて語った。

「なるほどな」

聞き終わった深園が腕を組んだ。

「悪手《あくしゅ》はないの。松平越中守《えっちゅうのかみ》定信を抱きこんだのはお手柄といえよう。なれど、後が悪い」

「そこまで言うのだ。当然、妙手はあるのだろうな」

口だけならば、許さぬと覚蟬が迫った。

「もう手は打っている」

「なにっ」

覚蟬が目を剝《む》いた。

「薩摩を使う」

「どういうことだ」

「大奥を、家斉の墓所とする」

深園が宣した。

三

幕政すべての書付《かきつけ》を取り扱う奥右筆は、いつにもまして多忙であった。

「小姓組《こしようぐみ》、井谷三右衛門《いたにさんえもん》、相続の願い出ておりまする」

「認めよ」

「同じく書院番《しよいんばん》、西垣伝内《にしがきでんない》からも願いがあがっておりまする」

「それも構わぬ」

配下たちの問い合わせに、奥右筆組頭《くみがしら》立花併右衛門は、考えもせず諾《だく》を与えた。

「大番組《おおばんぐみ》伊藤幸四郎《いとうこうしろう》は」

「保留いたせ。目付《めつけ》へ問い合わせよ」

今度は認めず、併右衛門は調査を命じた。

「たいへんでござるな」

同役の加藤仁左衛門《かとうにざえもん》がねぎらった。

「お手伝いできればよろしいのだが」

「お気遣い感謝いたす。ですが、氏名はわたくししか報されておりませぬので」

併右衛門が礼を述べて首を振った。

鷹狩りに併右衛門は参加していた。これは、鷹狩りが戦《いくさ》を模したものであるからであった。戦には、手柄を立てた者を記録し、後日の褒賞《ほうしよう》の証《あかし》とするための右筆が要りようであった。鷹狩りも同じとして、奥右筆一人が同行しなければならなかった。

鷹狩りに加わっていた併右衛門は、家斉が襲撃された一部始終を見ていた。だけではない。奥右筆の役目として、お山衆に殺された旗本や御家人の名前を記していた。

しかし、鷹狩りの最中に将軍が襲撃されたなどと公にできるはずはなかった。表沙《おもてざ》汰《た》にすれば、将軍の権威に傷が付くだけでなく、幕府がゆらぎかねなかった。それこそ、三代将軍家光のころまでならまだしも、薩摩や加賀《かが》など外様の大名たちも徳川と通婚をかわし、一門のような状況となった今、天下に騒動の火種などあってはならなかった。よって一件は、闇へ葬られることとなった。そうなれば、討ち死にした者たちの処遇が問題となった。ことをあからさまにできるのならば、手柄として加増などもしてやれたが、なかったことにされては、それはできない。どころか、相続さえも難しくなる。なにせ、当主が死んでしまっているのだ。すでに世継ぎの届けが出ている者はよいとしても、まだ若く子もいない者など、下手すれば改易《かいえき》になりかねない。

末期《まつご》養子の禁は緩められたとはいえ、全部が無事にいくわけではなかった。跡継ぎのいない家は、狙われるからであった。幕府の財政が悪くなった今、旗本の分家、別家、新規召し抱えなど、まずない。となれば、家を継げない次男以下は、他家へ養子に行くしかないのだ。皆、鵜《う》の目《め》鷹《たか》の目《め》で跡継ぎのない旗本を探している。そこに、当主が急死した家が出れば、多くが集まる。親戚筋であると言う者、有力者を後ろ盾《うしだて》に迫る者など、遺族は毎日攻めたてられる。いろいろな思惑が重なり、相続の届けが遅れるのは、珍しくはない。だが、そうなれば、家は潰された。

今回はそれを防がなければならない。なにせ、役目を果たしての死なのだ。無事に跡を継がせてやらねば、次に将軍が狙われたとき、命をかけて守ろうとする者がいなくなる。

今回の討ち死にと、他の相続とを分けるため、併右衛門が、普段はかかわらない隠居相続係の仕事に口出しをしていた。

「秘すためとして、拙者《せっしゃ》にしか、あの一件にかかわった家は報されておりませぬが、こうやって答えているのでござる。無意味でございますな」

併右衛門は苦笑した。

「これも形式というやつでございますな」

加藤仁左衛門も笑った。

「養子縁組願いでございまする。奥右筆組頭立花……」

配下の奥右筆が、驚いて併右衛門を見た。

「おおっ。それならば、儂じゃ」

笑みを残したまま、加藤仁左衛門が手をあげた。

「儂が花押《かおう》を入れる。こちらへ」

加藤仁左衛門が書付を受け取ると、署名し花押を入れた。

「かたじけのうございまする」

併右衛門が礼を述べた。

「いやいや、一昨日《おととい》柊衛悟どのの新規召し抱えの書付が、太田備中守《おおたびっちゅうのかみ》さまより戻ってきたようでございましたので、そろそろかなと思っておりました。おめでとうございまする」

立花家跡取り養子の書付に署名しながら、加藤仁左衛門が言った。

「おめでとうございまする」

「お祝いを申しあげまする」

口々に奥右筆たちも祝いを述べた。

「いや、ご一同、かたじけのうござる」

筆を置いて、併右衛門は返礼した。

奥右筆の筆が入った書付を執政が否定することはまずなかった。とくに隠居、家督、婚姻《こんいん》のものは無条件に近かった。署名は、奥右筆がそのすべての書付を精査して、問題ないと認めた証だからである。もっともこれは表向きであり、そのじつは、奥右筆が認めたものを突き返した場合、同じことが己に戻ってくるからであった。

そう、その執政が隠居し、嫡男に家を譲ろうとして幕府へあげた願い書きを、奥右筆が拒むのだ。もちろん、奥右筆にそんな権限はない。ただ、どの書付から処理するかは、奥右筆の勝手であった。奥右筆に恥を掻《か》かせた執政の願いを、認可しないのではなくずっと放置するのだ。いつまでも許しが出なければ、執政は隠居もできず、幕府の行事などへ参加し続けなければならなくなる。それだけならまだしも、跡継ぎがなく、早急に養子を求めなければならないのに、その処理を滞《とどこお》らせられては、藩の存亡にもかかわってくる。

「御坊主」

加藤仁左衛門が、奥右筆部屋の片隅で控えていた御殿坊主《ごてんぼうず》を招いた。幕政すべての書付が集まる奥右筆部屋は、老中といえども許しなく立ち入ることはできなかった。その奥右筆部屋に、雑用をこなす御殿坊主だけは常駐《じょうちゅう》していた。

「はい」

「この書付を、御用部屋へ」

御殿坊主が捧げ持つ黒漆《くろうるし》塗りの盆へ入れた。

「儂も頼む」

併右衛門も何枚かの書付を出した。

「わたくしも」

「こちらも」

奥右筆たちも倣《なら》った。

たちまち漆盆に、書付の山ができた。

「ただちに」

慣れている御殿坊主は、書付の山を崩すことなく、奥右筆部屋を出て行った。

「行ったか」

御殿坊主の姿が見えなくなったのを加藤仁左衛門が確認した。

「はい」

出入り口に最も近い席の奥右筆がうなずいた。

「さて、立花どの、鷹狩りのことについてお教え願えませぬか」

加藤仁左衛門が頼んだ。

鷹狩りの一件は厳重な箝口令《かんこうれい》が敷かれていた。といったところで、人の口に戸は立てられない。城中ではいろいろな噂《うわさ》が飛び交っていた。

「口外無用と目付から念を押されているが、奥右筆は政《まつりごと》の要《かなめ》、あやしげな噂に惑わされてはよろしくない」

併右衛門は、加藤仁左衛門以下の奥右筆が興味本位で訊いているのではないと理解していた。

「坊主が戻ってくるまでしか暇はない。かいつまんでになりますぞ」

「けっこうでござる」

加藤仁左衛門が首肯《しゆこう》した。

「では。ことは鷹狩りが始まって少ししたときであった。上様が、出てきた鹿を狩ろうとされたとき、不意に陣幕の外で争闘が始まった」

不要と思われるところを省きながら、併右衛門が語った。

「僧兵……」

襲撃犯の様子に、奥右筆の一人が息を呑んだ。

「最初から潜《ひそ》んでいた。そうでござるな」

さすがは奥右筆組頭である。加藤仁左衛門が、すぐに見抜いた。

「のようでござる」

「鷹狩りの場所は、地元の猟師たちの立ち入りを拒むため、十日ほど前に報される。

場所がわかれば、上様の本陣がどこに置かれるかを読むのはたやすい」

「はい」

加藤仁左衛門の言葉に、併右衛門は同意した。

行軍に例えられる鷹狩りとはいえ、戦国の昔ではないのだ。大きく開けた土地で、あまり切り株や岩のないところを選ぶ。

「前日より潜んでいたのでござろうな」

併右衛門は嘆息した。

一つまちがえば、併右衛門も死んでいた。今まで、凶刃《きょうじん》に襲われたのは、何度もある。だが、そのときは、必ずといってよいほど、隣に衛悟がいた。

無名な涼天覚清流《りょうてんかくしんりゅう》という剣術だが、衛悟はそこで師範代となるほどの腕前である。衛悟の剣はいつも併右衛門を守ってきた。

しかし、今回は違った。旗本の子弟とはいえ、目通りもしていない衛悟は併右衛門の供でしかなかった。本陣のなかはおろか、側にさえ近づけない。

併右衛門は目の前で撃たれていく小姓や書院番を見ているしかなかった。

「お庭番《にわばん》もついていたのでございましょう」

若い奥右筆が尋ねた。

「ことが起こるまでは、まったくわからなかったが、上様のお側に何人かのそれらしい者がいた」

併右衛門は首を縦に振った。

「お庭番どもはなにをしておったのでございまするか。前もって狩り場の確認はしたのでしょうや」

「したはずだ」

将軍の陰供《かげとも》でもあるお庭番が、家斉の出かけていく先の下調べをおろそかにするはずはなかった。

「では……」

「お庭番でさえ気づかぬほど、僧兵どもの腕が確かだった」

息を呑む若い奥右筆へ、併右衛門は言った。

「それほどの僧兵が、未《いま》だにあるのでございますな」

感心した声で加藤仁左衛門が首を振った。

「信じられぬことではございますがな」

併右衛門も首を振った。

「そろそろ」

出入り口に近い奥右筆が注意を促した。

「ここまでにいたそう。わかっておると思うが、他言無用ぞ」

加藤仁左衛門が、配下たちを見回した。

「仕事に戻れ」

「はっ」

組頭の命で、一同が執務を再開した。

「ただいま戻りましてございまする」

黒塗りの盆を持って、御殿坊主が帰ってきた。

「ご苦労であった」

「これらを御用部屋から預かって参りました」

盆の上にはいくつかの書付が載っていた。これらは、老中たちが疑義を持ったもので、奥右筆部屋に渡し、前例などを調べさせるのだ。

「うむ」

鷹揚《おうよう》にうなずいて、併右衛門は書付を受け取った。

柊衛悟は、非番の兄賢悟《けんご》と二人で、小普請組《こぶしんぐみ》山上丹波守《やまがみたんばのかみ》のもとへ伺候《しこう》していた。

「なんなのだ」

二度目の呼び出しに、賢悟が不安そうな顔をした。

小普請組は、無役の御家人、小旗本をまとめる役目である。今、評定所与力《ひょうじょうしょよりき》となっている柊賢悟もかつては、山上丹波守の組にいた。

役目に就《つ》かず、小普請となった旗本たちは、役料をもらえないだけでなく、江戸城の修理費用の一部を石高に応じて負担しなければならない。戦国が終わり、禄が増えなくなったうえに、泰平による物価上昇が加わり、武士の生活は窮迫《きゅうはく》している。そのおりに小普請金を払わなければならないのは辛《つら》い。また、役目の数は旗本御家人の半分もない。当然、奪い合いになる。一度無役になると、小普請組から抜け出すのは相当難しいのだ。賢悟は、昌平黌《しょうへいこう》での成績が優秀であったおかげで、なんとか役目にありつけた。もっともそのための苦労は、すさまじかった。雨が降ろうが、風が吹こうとも、毎日朝七つ（午前四時ごろ）には家を出て、賢悟は組頭である山上丹波守の屋敷を訪れた。こうして面会をして貰《もら》い、推薦状を書いて貰うのだ。もちろん、付け届けも要った。

そんなあまり良い思い出のない山上丹波守からの呼び出し、一回目は慶事であった。衛悟が新規お召し抱えになるとの話であった。

天下が泰平になれば、武士ほど不要なものはない。幕府はもともと戦《いくさ》をするためのものだけに、武家を廃することはしないが、新たに増やすこともなかった。そんななか、衛悟が三百石という好条件で旗本に列するとの報せは、賢悟をして飛びあがるほどの喜びであった。もちろん、それには、隣家五百石立花家への婿《むこ》入りが決まっていた衛悟の縁談を破棄しなければならない。だが、新規召し抱えは、名誉であるとともに、将軍の命令である。拒むことは許されない。賢悟は柊家当主として、衛悟の縁談を破棄させた。

その直後に再度の呼び出しである。賢悟が不安になるのも当然であった。

「もし、召し抱えのお話がなくなったら」

賢悟が震えた。

将軍の思いつきに近いのだ。いつでもなかったことにできる。そうなれば、こちらから破談を申し入れた以上、衛悟は立花の婿養子にもどることもできない。ようやく片付くと思った弟の行く末が、また振り出しに戻ってしまう。

「待たせたな。来客が多いのでの」

そこへ山上丹波守が現れた。

「いえ。ご多忙は存じておりまする」

賢悟が首を振った。

「であったな。貴殿も、毎日来ていたでな」

山上丹波守が笑った。

「覚えていてくださいましたか」

「忘れぬさ。麻布《あざぶ》簞笥《たんす》町《まち》からこの神田《かんだ》まで、三年間、一日も休まなかったの」

「畏《おそ》れ入りまする」

ていねいに賢悟が一礼した。

「昔話はここまでにしよう。柊賢悟、衛悟に上意である」

笑いを消して、山上丹波守が威厳のある声を出した。

「はっ」

「…………」

賢悟と衛悟が手を突いた。

「柊衛悟、思《おぼ》し召《め》しにより、新規お召し抱えの儀、停止《ちょうじ》される」

「…………」

山上丹波守の言葉を聞いた賢悟が息を吞んだ。

「謹《つつし》んでお受けいたしまする」

しかし、上意に苦情は言えない。賢悟が平伏した。

「続いて、柊賢悟。評定所与力の職を解く」

「……はい」

泣きそうな声で賢悟が応えた。

弟の新規召し抱えの話だけでなく、己の役目まで奪われた。賢悟の目から涙がこぼれた。

「柊賢悟、禄を改められる。二百俵を収められる代わりに、二百石を与える」

「えっ」

賢悟が唖然《あぜん》とした。二百石の実高はおよそ百石、年になおしておよそ百両の収入である。玄米支給の二百俵が、およそ七十両だったことに比べると大幅な加増であった。なにより俵から石への変化は、家格を一つあげたことになる。

「続いて勘定方《かんじょうがた》勤務を命じる」

「な、なんと仰《おお》せられた」

無礼を承知で、賢悟が問いかけた。評定所与力とは比べものにならないほど、勘定方は花形であった。激務であるが、無事に務めれば、郡代《ぐんだい》、遠国《おんごく》奉行など、より一層《いっそう》の出世が待っている。

「めでたいことだの」

無礼を咎《とが》め立てず、山上丹波守が祝った。

「どういうことでございましょう」

「衛悟と申したか」

賢悟の質問には応えず、山上丹波守が呼びかけた。

「はっ」

「活躍であったようだの」

「いえ」

衛悟は謙遜《けんそん》した。事実、衛悟のしたことは少なかった。

「いやいや。このたびの柊家の立身は、上様より直接のお言葉があったそうだ」

「上様から……」

大きく賢悟が息を呑んだ。

「畏れ多いことを」

衛悟はあわてて、頭を下げた。

「別家の話は、残念だが、よいのであろう」

「はい」

問われて衛悟は首肯《しゅこう》した。

「立花家にも本日お沙汰《さた》があるはずだ」

山上丹波守が教えた。

城中に席を与えられている者への、申し渡しは直属の上役からなされる。奥右筆組頭の場合は、若年寄《わかどしより》であった。

「柊よ」

「はっ」

公式の場で名字を呼ばれるのは当主である。賢悟が反応した。

「上様のもとまで貴家の名前が届いた。名誉なことである。一層励むよう」

「ありがたき仰せ」

深く賢悟が頭を下げた。

「衛悟よ。別家を逃したのは大きいぞ。婿養子とは辛いものだ。嫁の尻に生涯しかれることになるからな」

口を開けて山上丹波守が笑った。

「はあ」

衛悟は返答に困った。

「まあ、婚姻《こんいん》の前に婿入り先に加増をもたらしたのだ。粗略にはされまいがな」

「そう願っておりまする」

「おもしろい男じゃ。また遊びに来い」

そこまで言って不意に山上丹波守が声を潜めた。

「武勇のほど、聞かせてくれい」

「…………」

口止めされている。かといってここであからさまに断って、山上丹波守の機嫌を損ねるわけにもいかない。衛悟は黙って平伏した。

四

山上丹波守の門を出た衛悟と賢悟は、面会を待つ小普請旗本たちの妬《ねた》むような眼差《まなざ》しにも気づかないほど興奮していた。

「……衛悟」

少し歩いて落ち着いた賢悟が口を開いた。

「鷹狩りに参加していたのだな」

賢悟が咎めるような調子で問いただした。

「はい。立花さまの供として」

隠すわけにもいかなくなった。衛悟は答えた。

「そなた、儂の言うことをきかなかったのか」

「申しわけございませぬ」

素直に衛悟は詫びた。

賢悟は当主として立花家との縁を切らせた。武家にとって当主は絶対である。衛悟は当主の命にそむいたのだ。賢悟の怒りは当然であった。

「なにがあった」

「他言してはならぬと言いつけられておりまする」

「兄にもか。誰から命じられた」

「上様より」

「……上様」

賢悟が息を呑んだ。

「そなた、上様にお目通りしたのだな」

「はい」

衛悟はうなずいた。

襲撃の後、出発前に十一代将軍家斉が、その場にいた者全員を集め、まとめて口止めしていた。

「ご紹介はあったのか」

「いいえ」

紹介とは、将軍の前で取次の者が、目通りする者の氏名を披露することである。

「ございませなんだ。ただ……」

「ただ……なんだ」

口ごもった衛悟を、賢悟がうながした。

「上様の御陣へ入りますとき、名乗りをあげましてございまする」

「なんと申した」

気まずそうな衛悟へ、賢悟が厳しく訊いた。

「……立花併右衛門が婿、衛悟と」

消え入りそうな声で衛悟が述べた。

「はあ」

賢悟が大きくため息をついた。

「すっかり立花どのに、飼い慣らされおったな。いや、惚《ほ》れた弱みか。もっと早くに婿の先を探しておくべきであった」

「すみませぬ」

足を止めて衛悟は、深く頭を下げた。

「柊の当主として、そなたに罰を与えねばならぬ」

「はい」

衛悟は神妙な顔になった。

「が、そなたは立花家の婿として上様に目通りした。他家の婿を罰することなどできぬ」

なんともいえない顔で賢悟が告げた。

「…………」

「のう、衛悟。わかっておるのだろうな。奥右筆組頭の跡取りとなる意味を」

「承知いたしております」

幕政すべてを知るといっていい奥右筆組頭の権は大きい。すべての書付を差配し、老中へ直接意見できる奥右筆組頭の力は、若年寄よりも強い。なにより奥右筆の筆を経なければ、幕政が動かないだけでなく、大名旗本の家督相続、婚姻、役目への補任罷免《ひめん》が止まる。大名旗本は、奥右筆の機嫌を損ねないように、音物《いんぶつ》を欠かさない。おかげで奥右筆は裕福である。当然、その権や余得を狙う者は多い。

「穏やかな日々はもうないと思え」

賢悟が言った。

「覚悟しておりまする」

併右衛門の警固を頼まれた日から、衛悟に安寧《あんねい》はなくなっている。なんども狙われた。いくども命を賭けた。

「衛悟。儂はな、そなたに平穏な生涯を送ってもらいたかった。婿に行き、家を継ぎ、子を作り、そして老いていく。なにもなくともよい。貧しくともいい。ただ、明日も同じ日が来ると信じていられる毎日をな」

「兄上……」

しみじみと言う賢悟に、衛悟は返す言葉を持っていなかった。

立花瑞紀《みずき》は、浮かれていた。

「衛悟さまは、今ごろ、どうしておられましょうか」

縫《つくろ》いものをする手を止めて、瑞紀が小さく息をついた。

瑞紀は衛悟のことを想っていた。

「いつからでしたでしょうか。衛悟さまの妻になると決めたのは」

小首をかしげながら、瑞紀は思案した。

「子供のころから、衛悟さましかいませんでした。でも、他の人など考えられなくなったのは、忍らしき男に連れ去られたときでした。わたくしを救い出してくれた衛悟さまに背負われたとき、ああ、わたくしはこの人のために生まれてきたのだと思えました」

瑞紀が頰を染めた。

しかし、立花家と柊家では差がありすぎた。なにより父併右衛門は、瑞紀に千石ほどの家から婿を迎え、立花家をいっそう出世させようと考えていた。瑞紀は、それに対抗するために強くなった。

そしてようやく瑞紀の想いは父を動かした。

「立花併右衛門が婿、衛悟」

そっと瑞紀がつぶやいた。

鷹狩りの供に出た併右衛門が、帰って来るなり、誇らしげに伝えた言葉であった。

「衛悟がな、そう名乗りおったわ」

「はい」

聞いたとき、瑞紀は当然のこととして、それほど驚かなかった。それが、日が経つにつれて大きな喜びとなっていった。

「お嬢さま」

部屋の外から瑞紀を呼ぶ声がした。

「どうしたの、弥須《やす》」

瑞紀が問うた。

「そろそろ夕餉《ゆうげ》のお支度をなさいませぬと」

「まあ、もうそんな刻限」

あわてて瑞紀が針を置いた。

「今日はなにがありました」

台所へ向かいながら、瑞紀が尋ねた。

「根深《ねぶか》と牛蒡《ごぼう》、人参《にんじん》がございまする」

「そう。なら、それを出汁《だし》で煮ましょうか。あと、いただきものの塩干物がありましたね。それを焼きましょう」

献立を瑞紀が考えた。

「急がないとお腹を空かせてお二人が戻ってこられまするから」

「はい」

楽しそうな瑞紀に、弥須が微笑《ほほえ》んだ。

奥右筆と勘定方に下城時刻などあってないにひとしい。かといって、いつまでも城中に残っていることはできなかった。当番の目付が、城中を巡回し、宿直番《とのいばん》でない者を見つけると、厳しく詰問《きつもん》してくるのだ。

老中さえも動かす力を持つとはいえ、旗本には違いなかった。奥右筆といえども目付の監察を受ける。目付に睨《にら》まれて、よいことなど何一つない。

暮れ六つ（午後六時ごろ）前には、仕事を残しても下城しなければならなかった。

「待たせたか」

外桜田門《そとさくらだもん》を出てきた併右衛門が、たたずむ衛悟へ手をあげた。

「さほどは」

衛悟は首を振った。

こうして毎日衛悟は併右衛門の下城の供をしていた。当初、月に二分の約束だったが、今では無給である。

「娘婿に金を払う者がおるか」

衛悟を婿にすると決めたとき、併右衛門が関係を変えた。

「あの……」

「じつはの」

二人が同時に話し始めた。

「お先に」

「いや、衛悟から言え」

譲った衛悟に、併右衛門が首を振った。

「では……本日小普請組頭山上丹波守さまより……」

「そうか。柊家も加増を受けたか」

聞いた併右衛門が、言った。

「では、立花家も」

「うむ。本日、城中黒書院《くろしょいん》詰め所にて、若年寄京極備前守高久《きょうごくびぜんのかみたかひさ》さまご同席の場で、老中戸《と》田《だ》采女正《うねめのしょう》さまより、お伝えいただいた。加増二百石だそうだ」

「二百石」

「柊家への百石、そして我が家への二百石、あわせて三百石。なにか気づかぬか」

「……わたくしの新規召し抱えと同じ」

訊かれて衛悟が気づいた。

「そなたに与えられるはずだった禄を、かかわりのある二家で分割したのだろう。立花が多いのは、そなたがいずれ継ぐからであろう」

「……上様」

江戸城を振り返って、衛悟は頭《こうべ》を垂れた。

「当然と言えば、当然のことだ。上様の御身を護《まも》ったのだからな。そなたは胸を張るがいい。堂々としておれよ。でなくば、上様のお志《こころざし》を無にするぞ」

「はい」

衛悟はうなずいた。

「あと、気に病むな。あの場で討ち死にした小姓たちの相続は無事認められた。跡継ぎが決まれば、すぐに召し出されることとなろう。その後、機を見て加増されるはずじゃ」

併右衛門が述べた。衛悟の性格からして、己《おのれ》だけの栄達《えいだつ》を心苦しく思うであろうと、併右衛門は見抜いていた。

外桜田門から、立花家のある麻布箪笥町までは近い。といったところで、途中には、大名、旗本の屋敷が林立し、門限である暮れ六つを過ぎると一気に人気がなくなる。

福岡黒田《くろだ》藩《はん》五十二万石の中屋敷の壁に沿って進み、そのまま路地を抜けていけば、屋敷まではすぐである。

併右衛門と話をしながら進んでいた衛悟は、路地のなかほどで足を止めた。

「敵か」

不意に停止した衛悟に、緊張した声で併右衛門が訊いた。

「人が立っております る」

江戸には、武家屋敷が費《つい》えをもって灯《とも》す灯籠《とうろう》がいくつもあった。しかし、路地の奥までは照らしてくれない。

衛悟は、行く手に黒々とした人影を見つけて、警戒した。

「提灯《ちょうちん》を」

「はい」

担いでいた挟《はさ》み箱《ばこ》を降ろした中間《ちゅうげん》が、なかから折りたたみの提灯を出して、灯《ひ》を入れた。

「貸してくれ」

中間から衛悟は提灯を受け取った。

「大事ないか」

併右衛門が懸念を表した。

「問題ないと思いまするが。刺客ならば、こんなにのんびり待ってはくれますまい」

衛悟は安心していいと告げた。

「さすがでございまするな」

人影が動いて、提灯の灯《あか》りのなかへ入ってきた。

「僧侶」

ふたたび併右衛門が息を吞んだ。

つい先日僧体の者に襲われたばかりであった。

「奥右筆組頭、立花併右衛門さま。その婿どのの衛悟どのとお見受けいたす」

僧侶が言った。

「いかにも。貴僧は」

併右衛門が問うた。

「ただの坊主でござる。名乗るほどの者ではございませぬ」

「無礼な。我らの名を知っておきながら、自らは教えぬとは」

ごまかす僧侶を、併右衛門が非難した。

「お叱りは甘んじて受けましょう」

平静な態度で、僧侶が併右衛門の怒りを流した。

「貴様、鷹狩りで上様を襲った連中の仲間か」

併右衛門が詰問した。

「仲間といえば仲間でござるな」

僧侶が応えた。

「なんだと。衛悟、こやつを捕まえろ」

「お止《や》めなされ」

いきり立つ併右衛門を、僧侶が押さえた。

「なにっ」

「お気づきにならぬのか。貴殿の婿どのがようすに」

「衛悟の……どうした」

振り向いた併右衛門が驚愕《きょうがく》した。衛悟は柄《つか》に手をかけ、腰を落としていた。

「囲まれておりまする」

衛悟が告げた。

「…………」

併右衛門が沈黙した。

「ふむ」

僧侶が二人の顔を見た。

「なるほど。よい相をしておられる」

おもしろそうに僧侶がつぶやいた。

「何用じゃ」

臆《おく》することなく併右衛門が問うた。

「千年の望みを阻んでくれた者の顔を見ておきたかっただけで」

僧侶が言った。

「もっとも、もう、邪魔はできませぬがの」

「なにっ」

「小者の分際で、吠《ほ》えるな」

驚く併右衛門へ僧侶が罵声《ばせい》を浴びせた。

「身の程を知れ。さすれば、天寿を全うできよう。さもなくば、地獄へ落としてくれる」

　僧侶が後ずさりして、闇のなかへと溶けていった。

「待て……」

　併右衛門が手を伸ばした。

「忠告は一度じゃ」

　それを最後に気配が消えた。

「立花どの」

　衛悟が併右衛門を止めた。

「いなくなったのか」

　危機は去ったのかと併右衛門が訊いた。

「はい」

　首肯した衛悟の肩から力が抜けた。

「まだ、なにかあるというのか」

　併右衛門がつぶやいた。

第二章　背信の煙

一

一橋治済は、神田館《かんだやかた》で酒を飲んでいた。

「不便なものよな。手足のごとく遣《つか》える家臣がおらぬというのは。なにもできぬ」

治済が嘆息した。

将軍家お身内衆として、禄《ろく》はあれども領地を持たない御三卿《ごさんきょう》の当主に、することなどなかった。いや、一つだけあった。八代将軍吉宗の血統が絶えないように、子孫を作るという仕事だけである。

その点において、男女合わせて十三人もの子を作った治済は、優秀であった。なにより、長男豊千代《とよちよ》を、跡継ぎのいなかった十代将軍家治《いえはる》の世継ぎとして出し、十一代将軍の座につけたことは、お手柄であった。御三卿を設立してまで、己《おのれ》の子孫に将軍を独占させたがった吉宗からしてみれば、満足できる孫であるはずであった。

「豊千代に宣戦を布告したはいいが……」

先だっての鷹狩りで、久しぶりに邂逅《かいこう》した親子は、互いに相容《あいい》れない相手だと確認して終わった。その場で、治済は、家斉へ将軍の座を奪いに行くと告げた。

「外へ出てくれるならば、家基《いえもと》同様どうにかできるのだが」

「はい」

治済の言葉に、相伴《しょうばん》していた絹《きぬ》が同意した。

「兄ならば、してのけましょう」

絹が胸を張った。

家基とは家治の嫡男であった。曾祖父《そうそふ》の吉宗によく似て、聡明であった。また、鷹狩りや弓矢剣術の稽古《けいこ》を好み、頑強な性質《たち》だった。

家治も家基をかわいがり、旗本たちも吉宗さまの再来と期待していた。その家基が品川《しながわ》へ鷹狩りに出て急病を発し、手当のかいもなく死亡した。

鷹狩りは、軍の移動に例《たと》えられる。多くの足軽、侍を連れていく。なまじの数で襲ったところで、どうにもできるものではなかった。しかし、家基は殺された。

家基へ毒を飼ったのは、絹の兄、甲賀忍《こうがしのび》の望月小弥太《もちづきこやた》であった。小弥太は、江戸城大手門の門番にまで落ちぶれた望月家を、戦国のころの隆盛に戻すべく、幕府大老格の田沼主殿頭意次《たぬまとのものかみおきつぐ》に与《くみ》した。田沼主殿頭は、家治の信頼を一身に集める寵臣《ちょうしん》であったが、家基との仲はよくなかった。

「余が将軍になれば、放逐《ほうちく》してくれる」

専横を極める田沼主殿頭を嫌った家基は、常日頃からそう公言していた。

権力を代々受け継いでいこうと考えていた田沼主殿頭にとって、家基は大きな障害であった。そこで、田沼主殿頭は、望月家の寄合《よりあい》旗本昇格を褒賞《ほうしょう》に約して、小弥太を家基への刺客へと仕立てた。

さすがに江戸城のなかで将軍世子《せいし》を害するのは難しい。書院番《しょいんばん》、小姓番《こしょうばん》らの壁の他に、伊賀者《いがもの》、お庭番《にわばん》という陰供《かげとも》がついているのだ。

そこで望月小弥太は、家基が鷹狩りに出るのを待って、襲った。かすっただけで、死にいたらしめる甲賀の毒を小弥太は、家基につけ、見事に命を奪った。

しかし、田沼主殿頭は、望月家を引きあげてやらなかった。どころか、始末にかかった。

当然であった。

いかに家治の寵臣とはいえ、その子を殺したと知られてしまえば、その身は切腹、家は改易である。甲賀の毒は、幕府の典医あたりにわかるものではなかったが、執政は恩を着せても着てはいけない。

なにより、小弥太は生きている証拠であった。

田沼主殿頭の張った罠《わな》にはまった小弥太だったが、命からがら逃げ出すことには成功した。だが、ときの権力者に睨《にら》まれては、この国のどこにも行き場はなかった。

それを救ったのが一橋治済であった。偶然神田館へ逃げこんできた小弥太を、治済はかばった。さすがの田沼主殿頭も、御三卿の治済へ手出しはできなかった。

ここで田沼主殿頭と治済は手打ちした。家基の代わりに、田沼主殿頭は、治済の嫡男豊千代を選んだ。他に将軍の世継ぎ候補がいなかったわけではなかった。最有力な候補がいた。御三卿筆頭の田安《たやす》家の賢丸《まさまる》であった。なれど、賢丸を将軍家世継ぎにはできなかった。のちに老中筆頭松平越中守定信となる賢丸は、家基以上の田沼主殿頭嫌いであった。田沼主殿頭にとって、一橋豊千代は、家柄もよいうえに幼く、傀儡《かいらい》として最高の人材であった。田沼主殿頭は、治済との衝突を避け、小弥太を見逃した。

それ以来、望月小弥太は、冥府防人《めいふさきもり》と名を変え治済の走狗《そうく》となり、その妹の絹は、治済の妾《めかけ》として、側《そば》に仕えていた。

「一言お命じになられればよろしゅうございましたのに」

絹が治済の盃《さかずき》を酒で満たした。

「白河《しらかわ》の思惑どおりにか」

治済があきれた。白河とは、前の老中筆頭松平越中守《えっちゅうのかみ》定信のことだ。

「あいつは、儂《わし》と豊千代の二人を罠《わな》にはめた」

いつまで経《た》っても、治済は家斉を幼名で呼んだ。

「まだ豊千代が白河の思惑にはまって、こちらへ手出しをしてきてくれたならば、やる気にもなったが……」

治済が盃を呷《あお》った。

「豊千代が、動かないのだ。父親が息子に能のなさを見透かされるわけにもいくまい。父の尊厳に傷が付くではないか」

「畏《おそ》れ入ります る」

新しい酒を盃へ注ぎながら、絹が詫《わ》びた。

「なんでも己の考えたように動くと思いあがっておる白河の、高慢な鼻をへし折ってやりたいと思ったのもあったがな」

鼻先で治済が笑った。

「松平越中守さまは、どうなられたのでしょう」

「お目通りの停止《ちょうじ》を命じられたようじゃの」

絹の問いに治済が答えた。

「将軍さまの命を狙っておいて、それですんだのでございまするか」

さすがの絹も驚いた。

将軍への攻撃は、謀叛《むほん》と並んでの重罪である。

「白河が企《たくら》んだという、証拠がないからの。いかに将軍とはいえ、田安家の出で、吉宗さまの孫に手出しをするには、明確な証《あかし》が要りようだ」

「さようでございまするか」

絹が納得のいかない顔をした。

「では、襲い来た坊主どもの正体は」

「わかっておらぬ。まあ、江戸に近い品川へ、あれだけの数の僧兵を出せるのだ。そこらの小さな寺ではなかろう。浅草寺《せんそうじ》か、寛永寺《かんえいじ》か、増上寺《ぞうじょうじ》か」

「寛永寺、増上寺といえば、将軍家の菩提寺《ぼだいじ》ではございませぬか」

「だからといって、敵ではないという保証はないぞ」

なんども驚く絹を、治済が楽しそうに見た。

「鬼、おるか」

「これに」

天井裏が開いて、冥府防人が落ちてきた。

「あの坊主どもの腕をどう見た」

「かなり鍛錬《たんれん》されたものでございましょう。少なくとも、今の甲賀《こうが》に匹敵するだけの者はおりませぬ」

冥府防人が応えた。

「十年やそこらでどうにかなるか」

「無理でございまする。才のある者を一人か二人、鍛えるならばなんとかなりましょうが、十人をこえるとなれば、教える側も数が要りまする。言うまでもございませんが、教える者は、あれ以上の腕でなければ務まりませぬ」

はっきりと冥府防人が首を振った。

「その教える者を育てた者もおるわけだ。となると、代をいくつか重ねている」

「おそらく」

冥府防人が首肯《しゅこう》した。

「それだけの修行場を維持するには、人も金も要る。金のある大寺院でなければ無理であろう。となると、さきほどの三つくらいしか思いつかぬ」

「仰《おお》せのとおりかと。探りましょうや」

「いや、放っておけ。余の命を狙っているわけではない。奴らが欲しいのは、豊千代、いや、現将軍の首だ。坊主どもがいるというだけで、豊千代の周囲は気を取られる。それだけ、こちらへ回す手が減る」

治済が首を振った。

「承知いたしましてございまする」

指示を冥府防人は受けた。

「そういえば、鬼よ」

盃を口に運びながら治済が口を開いた。

「はい」

「そなたに忍の技を教えた者は、どのような男じゃ」

「笹葉《ささは》韻斎《いんさい》と申しまする」

冥府防人が述べた。

「江戸にはおらぬのか」

「はい。近江の甲賀の郷におりまする。甲賀の跡継ぎは、六歳になれば、甲賀へ戻り、そこで修行を積むこととなっておりまする」

「ふむ。その韻斎とやらは、いくつくらいだ」

「……生きていれば、六十歳をこえているかと」

少し考えて冥府防人が答えた。

「韻斎がどうかいたしましたか」

治済へ冥府防人は問うた。

「そなたを育てたほどの者だ。味方にできれば、おもしろいと思ったのだが」

「調べて参りましょうや」

「……そうだな。今は家斉の回りも警戒している。しばらくは手出しをするわけにもいかぬゆえな。行って来るがいい。遣えそうならば、連れて参れ」

「はっ」

冥府防人が手を突いた。

「絹、吾《われ》のおらぬ間、お館さまの身を任せた」

「はい。お館さまに傷一つ付けさせなどいたしませぬ」

兄の言葉に絹が首肯した。

「もう行け。余は今から、絹を抱く」

手を伸ばして治済が、絹を腕のなかへ納めた。

「御免《ごめん》」

一礼した冥府防人の姿が消えた。


大奥には多くの女がいた。上臈《じようろう》、年寄《としより》、中臈《ちゆうろう》などの高級女中、末《すえ》と呼ばれる雑用をこなす下の女中、そして尼僧がいた。尼僧はお伽坊主《とぎぼうず》と呼ばれ、羽織袴《はおりはかま》姿で将軍に近侍した。

お伽坊主の役目は、表の御殿《ごてん》坊主のようなものである。髪を剃《そ》り僧体となったお伽坊主は、世俗とは切り離された者として、表と奥を自在に行き来できた。これを利用して、将軍の忘れものを取りに中奥へ行ったり、大奥から表への使いとして老中たちのもとへ向かったりする。

定員は四、五名で、お目見え以上、切り米八石、合力金二十両、三人扶持《ふち》を給され、他にも薪《まき》や炭などを現物支給された。

「では、頼んだ」

大奥年寄の初島《はつしま》が、お伽坊主へ命じた。

「はっ」

お伽坊主桜庵《おうあん》が首肯した。

「御台《みだい》さまのご代参として、初島さまが三日後に寛永寺へお出でになるとのこと、伝えて参りまする」

命《めい》を復唱して、桜庵が引き受けた。

本来お伽坊主は将軍の雑用係であったが、大奥に将軍がいないときは、御台所《みだいどころ》やお腹さまの使いとして、外へ出た。

これは、奥女中を大奥から出すとなれば、お広敷《ひろしき》に届けを出したうえで、お広敷番とお広敷伊賀者《いがもの》の供を手配せねばならず、急の用事に間に合わぬからであった。

「かならず深園和尚《しんえんおしょう》さまへな」

初島が念を押した。

「はい」

大奥女中は江戸城平河門《ひらかわもん》を出入り口としていた。平河門から寛永寺までは、およそ二十五町（約二千七百メートル）ほどである。女の足でも半刻《はんとき》（約一時間）足らずで、着いた。

「御台所さまよりの使い、お伽坊主の桜庵でございまする」

寛永寺の山門で桜庵は名乗った。

「しばしお待ちを」

門番を兼ねる僧侶が急いで報《しら》せに走った。

将軍家の法要には、三通りあった。三回忌、七回忌などの年忌、祥月命日《しょうつきめいにち》、月命日であった。このうち、年忌と祥月命日には将軍家が参拝した。

年忌、祥月命日の将軍参拝ともなると、大事であった。当日、寛永寺の境内のなかの警固《けいご》はすべて旗本でおこなわれた。対して、江戸城から寛永寺までの道中は、帝鑑《ていかん》の間詰《まづめ》の譜代《ふだい》大名の任とされた。また、将軍が江戸城を出ている間、城下の火事警戒は外様の大大名が請負い、市中を巡回した。

まさに幕府をあげての対応になる。

対して月命日は、簡素であった。将軍の代参として奏者番《そうしゃばん》の大名が、御台所あるいは生母の代参として大奥年寄が、寛永寺、あるいは増上寺へと参拝するだけで、警固も出なかった。

「お待たせをいたした」

出てきたのは立派な袈裟《けさ》を身につけた覚蟬であった。覚蟬は深園の来訪を受けて以来、長屋へ戻ることなく、寛永寺に残っていた。

「これは僧正さま」

桜庵が驚愕《きょうがく》した。

「お話はなかで承《うけたまわ》りまする」

覚蟬が先に立って、桜庵を寒松院《かんしょういん》へと招いた。

「ご無沙汰《ぶさた》をいたしておりまする」

座敷へとおされた桜庵が、ていねいに頭を下げた。

「お元気そうでなによりでございまする」

合掌《がっしょう》しながら、覚蟬も応じた。

「月命日の代参のお願いに参ったのでございまするが、深園僧正さまは」

寛永寺にいるはずのない覚蟬の登場に、桜庵が首をかしげた。

「深園どのより、命じられて。拙僧《せっそう》が代理をいたすことになりましての」

「……代理」

桜庵の表情が変わった。

「一つ任を果たしてもらうことになる」

覚蟬の口調が変わった。

「なんなりと」

「御台とお楽《らく》、お歌《うた》の方を狂わせるための種を蒔《ま》け」

冷たい声で覚蟬が命じた。

「どういうことでございましょう」

わからないと桜庵が問うた。

「正室の子が世を継ぐのは当然であろう」

「…………」

「側室の子が十二代となるなど、正室に男子があれば、ありえる話ではない」

覚蟬が述べた。

「わからぬか。今は将軍家斉の宣言により、次男の敏次郎《としじろう》が世継ぎとなっておる。しかし、敏次郎の母は側室の楽《らく》。本来ならば、兄であっても側室の子は正室の子に遠慮せねばならぬ。例を挙げるまでもない。古来よりの決まりなのだ。それが、今の大奥ではゆがめられている。ゆがみは糺《ただ》されねばなるまい」

嚙《か》んで含めるように覚蟬が説明した。

「ゆがみを糺すのではなく、ゆがみを取り除くのでございますな。すなわち、正室さまの手で敏次郎さまのお命を……」

桜庵が理解した。

「それがなれば、他の側室たちは震えあがろうな。いつその手が、吾《わ》が子に及ぶか。

それは正室も同じ。因果応報。己もやったのだ、他人が仕掛けてこないとはいえまい」

覚蟬が続けた。

「……殺しあいをさせる」

「するのは、我らではない。するかどうかは、己が決めること。我らのせいではない」

「…………」

あからさまな詭弁《きべん》に桜庵が黙った。

「そして、疑心暗鬼が大奥に満ちたとき、側室たちは気づくはずだ。今は、己の子供にも十二代将軍の目があるが、その資格を持つ者は、これからも増え続けると」

「他の側室を排せと」

「…………」

確認する桜庵へ、覚蟬が無言で首を振った。

「えっ」

桜庵が戸惑った。

「…………」

覚蟬は沈黙を続けた。

「側室ではない……それでいて、子を増やさない……まさか」

気づいた桜庵が息を吞《の》んだ。

「将軍を……」

「大奥ならば、容易であろう」

「無茶なことを仰《おお》せられるな。大奥で将軍を害するなど……」

桜庵が激した。

「外で害せぬゆえ、しかたあるまい」

「お山衆《やましゆう》の失敗の付けを、我らに押しつけられるというか」

厳しい言葉を桜庵が吐《は》いた。

「不満か」

不意に桜庵の後ろから声がかかった。

「誰じゃ。背後からいきなりとは礼儀を知らぬのか」

無礼を桜庵が咎《とが》めた。

「東寺法務亮深さまの代理深園である」

「貴僧が」

名乗られて桜庵が、息を呑んだ。

「男が役に立たなかったのだ。となれば、次は女を遣うしかあるまい」

冷たい目で、深園が覚蟬を見下ろした。

「…………」

覚蟬は、顔色も変えずに無視した。

「しかし……手を尽くしたとは言えますまい。我ら大奥は最後の手立てのはず」

桜庵が抵抗した。

「なるほど。一理あるの」

深園がうなずいた。

「覚蟬、女に言われたぞ。どうする。納得させねば、動くまい」

思わず覚蟬が動揺した。

「お山衆全員で、江戸城へ討ち入ってもらおう」

「馬鹿な」

覚蟬が絶句した。

「お山衆を絶やすつもりか」

「役に立たぬのなら、不要であろう。せっかく江戸城から誘い出した獲物を仕留められなかった。お山衆も情けないが、そのときに全力をもって当たらなかった覚蟬、おぬしの責も重いのだ。よくおめおめと生きて、宮さまの側におられるものよ」

嘲笑《あざわら》うように深園が告げた。

「次の手のことを考えたからじゃ」

憮然《ぶぜん》とした顔で覚蟬が言い返した。

「それで天下を動かす気か。比叡山《ひえいざん》一の学僧とは看板倒れであったな。桶狭間《おけはざま》の織田《おだ》信長《のぶなが》が、清洲《きよす》に兵を残したか、中国大返しの豊臣秀吉《とよとみひでよし》が、姫路城《ひめじじよう》の金蔵を空にしたのはなぜだ。乾坤一擲《けんこんいってき》の戦いに出る者は、すべてをそこにつぎ込むものであろう」

「二の手、三の手を考えるのも、将の仕事である」

「それで手兵足らずで失敗した。なんの意味があったと」

深園が鼻先で覚蟬をあしらった。

「二の手、三の手があるなら、打ってもらおう。ないならば、突っこんでもらう。もちろん、そのときには、おぬしに先頭をきってもらうことになる」

「わかった」

覚蟬は承知するしかなかった。

「桜庵。これでいいな」

「はい」

念を押されて、桜庵が首肯した。

「だが、動けよ。お山衆の結果を待つな。それまでの間に、正室と側室の分断くらいはしておけ。首尾よく、家斉を除けられて、十二代将軍誕生となったとしても、大奥ががたついておれば、朝廷の介入もしやすい。家斉の子供らは、まだ幼い。将軍宣下を延ばすくらい、どのようにでもできる」

深園が策を語った。

「といっても、これは一朝一夕でできるものではない。毒はゆっくりと染みさせねばならぬ」

「…………」

桜庵が息を呑んだ。

「ところで、言伝《ことづて》はどうした」

「あっ」

言われて桜庵が、思い出した。

「大奥御台所さま付きのお年寄初島さまが、代参で来られるとのことでございまする」

「やっと来るか」

満足そうに深園がうなずいた。

「毒が染みる前の手が、これで打てるな。承知したと返答をしておけ」

「わかりましてございまする」

一礼して桜庵が帰っていった。

「身のまわりの整理をしておけよ、覚蟬」

言い残して深園も去っていった。

「……これも定めか」

一人残った覚蟬がつぶやいた。

「いかに奪われた天下の権を朝廷へ戻すためとはいえ、多くの人の命を奪った。無間地獄に墜ちるのは覚悟のうえであったが……」

覚蟬が嘆息した。

「最後の手だてか。また犠牲を生むことになるな」

立ちあがった覚蟬の顔から感情が抜け落ちた。

二

加増を受けた立花家、柊家は合同で祝宴を催すことにした。

といったところで、立花家は刃傷《にんじょう》の一件で謹慎を受けたおり、親族から冷たくされたこともあり、誰も招かなかった。対して、柊家は少ない縁者を呼んでいた。

「本日はお忙しいなかを、ご参集いただき、感謝いたしまする」

一日休みを得た併右衛門が、代表して礼を述べた。

「賢悟よ。よいのか、このような席を設けて」

柊一門で最長老の、叔父が気を遣った。

祝宴は貸座敷に仕出しを頼んで開かれていた。屋敷でするのに比べれば、数倍金はかかる。

「大事ございませぬ」

賢悟が首を振った。

「支払いのほとんどは、立花どのが」

ちらと賢悟が併右衛門を見た。

「そうか。奥右筆組頭《おくゆうひつくみがしら》どのならば、このくらいなんともないのだろうが……」

叔父が併右衛門を見た。

「恩は返さねばならぬぞ」

借りを作っていいのかと叔父が訊《き》いた。

「はい。このあとのお話をお聞きくだされば、おわかりになるかと存じまする」

賢悟が、併右衛門へ顔を向けた。

「おかげさまをもちまして、立花家、柊家ともに、ご加増をいただきました」

併右衛門が賢悟へうなずいてみせた。

「…………」

無言で賢悟も応じた。

「さらに本日はもう一つ、祝を重ねさせていただこうと思いまする」

一拍併右衛門が置いた。

「……吾が娘、瑞紀の婿《むこ》に柊賢悟どのの弟、衛悟を迎えることといたしました」

「なっ」

叔父が目を剝《む》いた。

加増を受けたことで七百石となった立花と二百石の柊では、格が違う。六百石をこえたことで、立花には騎乗が許されたのだ。馬上と徒《かち》の差は大きい。

「まことか、賢悟」

血相を変えて叔父が問うた。

「はい」

賢悟が微笑《ほほえ》んだ。

「そうか。そうなのか。ということは、我らも奥右筆組頭どのの一門」

叔父が腰を抜かした。

「不偏不党が信条の奥右筆でござる。お役目で便宜を図ることはできませぬが、隠居家督などの届け出で多少の融通くらいは利《き》かせましょう。これからよしなに」

出世などの手助けはできないが、書付の処理くらいは面倒見ると、併右衛門が釘を刺しつつ、述べた。

「いや、こちらこそ、よしなに願いまする」

「白金《しろかね》の柊一郎左《いちろうざ》でござる。百五十俵で、鉄砲玉薬奉行《てっぽうたまぐすりぶぎょう》を相務めておりまする」

「先手組の柊庫之介《くらのすけ》でござる」

次々に、親戚たちが名乗りをあげた。

「ご挨拶《あいさつ》はのちほどといたしましょうぞ。まずは、盃《さかずき》をお取りいただきたい」

併右衛門が喧噪《けんそう》を押さえた。

「どうぞ、酒も肴《さかな》も十分に用意いたしておりまする」

宴が始まった。

武家の宴席で女がいるのは、婚礼だけである。貸座敷にいるのは男ばかり八人であった。

「賢悟よ」

酒を口にして、少しほぐれた叔父が呼んだ。

「なにか」

盃を持ったまま、賢悟が叔父のもとへ近づいた。

「まずは、出世を祝おう。おめでたいことである」

「ありがとうございまする」

祝意の言葉に賢悟が頭を下げた。

「ところで、なにがあった。いきなり、倍からの加増ではないか」

「これといって、なにもございませぬが、評定所与力《ひょうじょうしょよりき》というのは、ご老中さまの側で任をなすこともありまする。そのおりにお気に召していただけたのではないかと」

賢悟がごまかした。

評定所は、大名や幕臣の非違《ひい》を裁定するだけでなく、老中、町奉行、勘定奉行など、その範疇《はんちゅう》をこえたできごとの調整をするところでもある。幕政の顕職たちが一堂に会する場所でもあり、評定所勤務の役人は、雲の上の人物とともに仕事をすることも多かった。

「評定所か」

叔父が無念そうな声を出した。

武士は戦場で手柄を立てて、禄を増やしてきた。しかし、徳川家が天下を取ったことで戦《いくさ》はなくなり、加増の機会は失われた。代わりに出てきたのが、役目で目立って出世するという泰平の世での武士のありようであった。

しかし、兵の数が力だった戦国ではない。政《まつりごと》を動かしていくだけならば、武士の数は多すぎた。当然、与えられる役目には限度があり、あぶれる者が出てくる。出世を望むには、まず役目に就《つ》かなければならなかった。となれば、望んだ役職に就けるより、空いているところに回されるのが多くなる。

今さら、叔父が評定所勤務を願ったところで、まずかなうことはなかった。

「賢悟よ」

叔父の隣に座っていた別の親戚が口を挟《はさ》んできた。一応柊の本家筋にあたり、禄高も三百石ともっとも多かった。

「どのようにして衛悟どのを立花さまの婿養子《むこようし》としたのだ」

「隣家という関係から、立花どのの娘御と衛悟は幼馴染《おさななじ》みでございまして」

賢悟が答えた。

「隣か。うちにも一人養子に行けておらぬ息子がおるのだが、両隣ともに跡継ぎがちゃんとおる。幼馴染みに一人娘の家もない」

残念そうに本家が首を振った。

「のう、賢悟。立花どのに、息子の養子先を頼んでくれぬか」

「申しわけございませんが、奥右筆は不偏不党。とくに立花さまはお役目を利用されることを嫌っておられまする」

きっぱりと賢悟は断った。

「そうか。しかし、それを……」

まだ未練を見せて本家が、口籠《くちご》もった。

「睨まれることになりますぞ」

賢悟が忠告した。

「ううむ」

本家がうなった。

役人というのはどうしても引きをあてにする。役目に就くにも、出世するにも、上司あるいは有力な親戚の後押し、俗に言う引きが要った。そして、奥右筆組頭という引きは、老中若年寄に匹敵するほど強かった。

「本日は、我が家の慶事でござれば」

これ以上の話は断ると賢悟は告げた。


松平越中守定信は、八丁堀《はっちょうぼり》の上屋敷で乱暴に女を抱いていた。

「殿さま。あまりきつくなされては……」

伊賀組から遣わされ、松平定信の側室となった蕗《ふき》が、辛《つら》そうに声をあげた。

「黙れ。あのとき伊賀者が手を貸していれば……」

鷹狩りで家斉を殺すつもりでいた松平定信が怒りを蕗へと向けた。

「あれは、伊賀のかかわらぬことでございました」

蕗が言いわけした。将軍家斉が鷹狩りで襲われることくらい伊賀組は気づいていたが、松平定信から手を貸せと命じられていないのだ。言われないことはしないのが、走狗《そうく》の性《さが》であり、生き残っていく手立てであった。

「おのれ、おのれ。たかが田安の控え、一橋の出でありながら、この儂に、隠居せよだと」

家斉への恨《うら》みを蕗にぶつけた松平定信が、ようやく果てた。

「……殿」

荒い息を吐《は》く松平定信を蕗が気遣った。

「伊賀者組頭《くみがしら》藤林《ふじばやし》を呼べ」

「はい」

松平定信の後始末をしながら、蕗が首肯した。

「下がれ」

「おやすみなさいませ」

側室といえども奉公人である。命じられれば従わなければならなかった。蕗は、手早く身形《みなり》を整えると、己に与えられた部屋へと向かった。

松平家上屋敷の奥は、さほど大きなものではない。

寵愛《ちょうあい》の側室とはいえ、子供を産んでいない蕗に局《つぼね》は与えられていない。かといって、他の女中との雑居ではなく、次の間付きの部屋を使っていた。

「帰されたか」

次の間で寝ていた下働きの女中が、目を開けた。

「そうとうたまってござるようだな。臭《にお》うわ」

ちらと主を見た下働きの女中が笑った。使用人の取る態度ではなかった。

「なんなら替わるか。菜《さい》」

蕗がにらんだ。菜も伊賀者であった。松平定信の見張りとして出された蕗の手助けである。

「嫌だな。まだ、吾《われ》は未通女《おぼこ》だ。怒りにまかせて破瓜《はか》されるのは、勘弁だ」

菜が首を振った。

「ふん」

不機嫌に蕗が鼻を鳴らした。

「組頭を呼べと」

「今からか……」

蕗の言葉に菜が確認を求めた。

「まさか。疲れ果てて寝てござるわ。明日であろう」

用意された水で、全身を拭《ぬぐ》いながら蕗が述べた。

「なるほど。で用件は」

「口にはしなかったぞ。もっとも予想は付くがな。鷹狩りの失敗の尻ぬぐいを伊賀にさせるつもりのようだ」

蕗が答えた。

「ふざけたことを。失敗したのは、お山衆の力不足と、越中の策が破れたためであろう」

菜があきれた。

「それを認められぬのだ。なにせ、八代吉宗の血を引くからな」

吐き捨てるように蕗が、口にした。

伊賀者にとって八代将軍は仇敵《きゅうてき》であった。紀州から将軍となった吉宗は、実家から連れて来た家臣を重用し、旧来の幕臣を遠ざけた。とくにひどかったのが、伊賀者の扱いであった。吉宗は紀州以来の臣であるお庭番を伊賀者上席とし、探索方《たんさくかた》を任せた。探索方を取りあげられたお広敷伊賀者は、大奥の警固に専念させられた。貰《もら》う禄に増減はなく、仕事が減ったのだ。とくに外様大名の領土へ潜《ひそ》む任などは、命の危険がある。それは喜ぶべきであった。しかし、伊賀にとっては厳しい仕打ちであった。

探索とは忍本来の仕事である。それをお庭番にもっていかれた。これは、将軍によって、伊賀はお庭番より劣ると言われたも同然なのだ。伊賀者の矜持《きょうじ》は大きく傷ついた。

と同時に金の問題でもあった。探索は困難を極める。相手の国によっては、命を失うこともある。九州の鹿児島で島津はとくに厳しく、薩摩飛脚《びきゃく》と呼ばれた任に着いた伊賀者は、葬儀をすませてから、向かったといわれるほど難しいものであった。

それだけに十分な費用が用意された。

もちろん、余れば返さなければならないが、いくら遣ったかを証明する書付《かきつけ》などをもらえるはずもない。全部遣っても咎められないのだ。

薄禄の伊賀者にとって、探索の費用は命綱に近かった。

それを吉宗が取りあげた。おかげで伊賀者の生活は逼迫《ひっぱく》した。伊賀者は、吉宗を憎んだ。

「と文句を言ってもしかたない。我らは越中を頼らねば生きていけぬのだ」

藹が息を吐いた。

家斉から目通りを許さぬと罰せられた松平定信は、登城するわけにもいかず、上屋敷で藩政を見ていた。

「この冬に備えて、城内だけでなく、各代官所にも米を少しでいい、蓄えさせておけ」

奥州の交通の要路である白河は、譜代《ふだい》名誉の地であったが、あまりもの成りは豊かではなかった。天候によっては、米の取れ高は大きく減じることもある。

「阿武隈川《あぶくまがわ》の堤防を確認しておくように。大雨で破れてはならぬ」

国元から出された書付をていねいに見ながら、松平定信が指示を出した。

意に染まぬ養子縁組で藩主にさせられたとはいえ、松平定信は白河を慈《いつく》しんだ。領民を大切にし、善政を敷いている。当然、白河の領民たちは、松平定信を名君として慕っていた。

「少し、休憩をしようか。朝から細かい文字を見続けたせいか、疲れたわ」

松平定信が眉間《みけん》に指をあてた。

「はっ。ただちにお茶の用意を」

用人が手配のために、松平定信から離れた。

「越中守さま」

「藤林か」

不意の呼びかけにも、松平定信は動じなかった。

「お呼びでございましょうや」

「呼んだからきたのだろうが」

あからさまな八つ当たりであった。

「おそれいりまする」

声だけでお広敷伊賀者組頭藤林が詫びた。

「御用の向きは」

「伊賀者は、余に命を預けた。まちがいないな」

「念をおされるまでもございませぬ」

藤林が応えた。

「では、命じる。家斉を殺せ」

「かしこまりましてございまする」

あっさりと藤林が受けた。

「よいのだな」

「伊賀者は、恩を忘れませぬ」

はっきりと藤林が宣した。

「ただ、よろしゅうございますので。順番が違いませぬか」

「順番だと」

松平定信が、首をかしげた。

「上様を害し、敏次郎君を十二代さまとされ、そのご後見役をなされるおつもりかと存じまするが、一橋公がおられましょう」

藤林が述べた。

「御三卿は政にかかわらぬが決まり」

「ご後見役は、政にかかわりませぬ。政は御用部屋がなすものでございまする」

「それは形だけだ」

荒い口調で、松平定信が返した。

「……しかし、それも一理ある。儂の前に立ちはだかる者は、すべて排除せねばならぬ。儂の進む道こそ、幕府百年の王道。これ以上の停滞は許されぬ。藤林」

「はっ」

「命《めい》を変える。まず一橋治済を殺し、間を空けることなく家斉を死なせよ」

「承知いたしましてございまする。ついては一つだけお願いが」

引き受けてから藤林が、条件をつけた。

「申せ」

松平定信が、発言を許した。

「一族の保護をお願いいたしまする」

藤林が願った。

当然の要求であった。伊賀者が家斉へ手を出せるとするならば、大奥でしかない。大奥で家斉が襲われれば、すなわち下手人は伊賀者なのだ。

将軍を守るべき伊賀者が裏切る。これは伊賀の根絶やしを意味した。かつて天正十年、本能寺の変で堺《さかい》に取り残された家康を救った伊賀越えの功績などでどうにかなる問題ではなかった。お広敷伊賀者は、家斉に手を下した者であろうがなかろうが、連座で逆《さか》さ磔《はりつけ》にさせられる。女子供も容赦されない。

「わかった。白河で土地を与えよう」

考えるまでもないと松平定信が了承した。

「かたじけのうございまする」

礼を述べて、藤林の気配が消えた。

「最初から伊賀者を使うべきであった。儂が後見となって政を見るときの手足として残そうなどと考えなければ、けりはついていた」

松平定信が、後悔を口にした。

「殿、茶をお持ちいたしました」

そこへ、用人が茶の用意をした小姓を伴って戻ってきた。

「茶よりも酒がよい。本日は、もう仕事は止《や》めじゃ」

小さく嘆息して、松平定信が言った。

三

一橋治済の居館神田館にも伊賀の女はいた。

「摘」

与えられた部屋で、することもなく休んでいた摘に女中が話しかけた。

「なにか、逸《いっ》」

摘が問うた。逸は菜と同じく、伊賀から派遣された連絡役であった。

「組頭よりの繋《つな》ぎがあった」

「命か」

「うむ。一橋治済を殺せとのことだ」

「承知した。次に召されたとき、やる」

驚きもせず摘がうなずいた。

「抜かるな」

「大丈夫だ。吾には、この針がある」

懐《ふところ》から三寸（約九センチメートル）ほどの細い針を摘が出した。

「これに毒を塗れば……伊賀の毒に薬はない」

小さく摘が笑った。

しかし、摘をなかなか治済は呼ばなかった。

「まったく、どうなっている。奥へは来ているというに、いつもあの女ばかりを召す」

毎日のように奥へ来ておきながら、治済は絹ばかりを抱いていた。

十日経って摘が焦《あせ》り始めていた。

「組頭さまから、ご催促はないが、あまりときをかけすぎるのはよくないぞ」

逸が苦い顔をした。

「もう一度誘うか」

摘が言った。

「お館《やかた》さまのおなりでございまする」

　夕刻七つ（午後四時ごろ）を過ぎたところで、治済が奥へとやって来た。報せを受けた奥では目見え以上の女中たちが迎えに出なければならない。

「ああっ」

　そこでわざと摘が粗相《そそう》をした。治済が前を通るときに、頭を下げていた姿勢から、つんのめるように前へ身体《からだ》を出した。

「ご、ご無礼を」

　あわてて摘が詫びた。

「そなたは……」

　一瞬治済が、名前を思いだそうと考えた。

「摘でございまする。どのようなお叱《しか》りでも」

　姿勢をただして、摘が謝った。

「ふむ。今宵《こよい》の伽《とぎ》をそなたに命じる」

「ありがたきおおせ」

　頭を下げた摘が、唇《くちびる》をゆがめて声もなく笑った。

「用意ができるまで、余は絹のもとにおる」

「はい」

奥を仕切る年寄女中が首肯した。

治済からお部屋さまにしてやると言われながら断った絹は、神田館のなかでも小さな部屋に住んでいた。

「お館さま。危のうございまする」

部屋に治済を迎え入れるなり、絹が危惧《きぐ》した。

「伊賀の女があのような失態をおかすなど、ありえませぬ」

「であろうな」

悠々と治済がうなずいた。

「なにか企んでおるのだろうよ」

「ではなぜ、わざわざ策にのるような危ないまねを」

絹が問うた。

「伊賀の肚《はら》をさぐるのに良い機会であろう」

治済が笑った。

「なにか、密談の用があるのか……それとも越中守を選んで、余を害するつもりなのか」

「お館さまのお命を……」

顔色を絹が変えた。

「伊賀の女などに、仕掛けを許すほど、そなたは甘くあるまい」

「指一本触れさせませぬ」

絹が宣した。

「吾が命、任せたぞ。絹」

「……わかりましてございまする」

主君にそこまで言われれば、臣として身命《しんみょう》を賭《と》すしかない。絹が平伏した。

「さて、そろそろ行くか」

治済が立ちあがった。

「いってらっしゃいませ」

絹が見送った。

御三卿の側室も、将軍家大奥と同じ手順を踏まされた。

全身を裸にして、浴室で磨かれ、そのあと女の隠し所、尻の穴まで異物を隠していないかどうかを調べられる。といったところで、目に見える範囲でしかない。摘は、身体のなかに三寸ほどの針を忍ばせていた。

「お館さまのおなり」

閨《ねや》へ治済が入ってきた。

「お待ちいたしておりました」

摘が、平伏した。

「うむ」

鷹揚《おうよう》に治済が首肯した。

「帯を」

摘の側に女中が近づき、帯を取りあげた。帯でも人の首を絞める武器となるからであった。

「失礼をいたしまする」

治済の隣へ、摘が横たわった。帯を奪われた摘の夜着ははだけ、豊かな胸元も、股間の翳《かげ》りも露《あら》わになっていた。

「下がれ」

部屋に控えていた奥女中へ、治済が命じた。

「……はい」

一瞬ためらった奥女中は、治済に睨まれて、そそくさと出て行った。

どれほど身分が高かろうとも、男と女のすることに変わりはない。

治済は摘の身体をまさぐり、徐々に摘の息が荒くなっていった。

「……お館さま」

濡れた目で摘がねだった。

「参るぞ」

大きく治済が摘の両足を開いた。

「ああ」

両手を伸ばした摘が、治済の身体を抱えこもうとした。

「たわけが」

治済がその手を払って、立ちあがった。

「なっ」

摘が唖然《あぜん》とした。

「女が男を迎える。そのとき、腰を浮かさねばならぬ。だが、そなたは浮かせすぎたわ」

吐き捨てるように治済が言った。

「普段と違う姿勢、なにかあると考えるのが当然であろう」

「おのれっ」

見透かされたと知った摘が、治済目がけて飛びかかった。

「無礼者が」

天井から飛び降りた絹が、摘を蹴飛ばした。

「くそっ」

すばやく摘が起きあがって、はだけていた夜着を脱ぎ、手に持って振った。

「伊賀の術、ただの布でも、そのそっ首へし折るくらい容易《たやす》いこと」

「いちいち技を口にせねば、戦えぬのですか、伊賀は」

さげすむような目で絹が摘を見た。

「驕慢《きようまん》を後悔するがいい」

摘が夜着を振るった。風音を伴って夜着が絹の首を襲った。

「……はあ」

ため息を漏《も》らしながら絹が右袖《みぎそで》を振った。

空中にある布を切るのは難しい。しかし、絹の右袖に仕込まれていた刃《やいば》は、ばっさりと夜着を裂いた。

「なにっ」

あっさりと武器を潰《つぶ》された摘が驚愕《きようがく》した。

「そのていどの腕で、よくもまあ、お館さまの刺客になろうなど」

絹が嘲笑《ちょうしょう》した。

「馬鹿な。一人働きで伊賀に優る者などおらぬはず……」

「これ以上、その醜《みにく》い身体をお館さまの前に晒《さら》すのは、我慢がならぬ」

すっと絹が前へ出た。

「……来るか」

摘が身構えた。

「………………」

無言で、絹が跳んだ。そのまま左右の袖を振るう。

「甘い」

腰を屈《かが》めて、摘が避けた。屈んだ腰と膝《ひざ》を伸ばして、拳《こぶし》を絹のみぞおち目がけて打った。

「どちらが甘いのやら」

突き出された拳を左膝で蹴り返した。

「ぎゃっ」

膝と拳では堅さが違った。摘の指が折れた。

痛みに呻《うめ》きながらも、摘が続けて足を出した。

「多少は遣えるようですが……」

出てきた足をかわし、残った足を絹が払った。

「うっ」

支えを失った摘が、夜具の上へ落ちた。

「このあとお館さまのお情けをいただかなければなりませぬ。ときをかけるのは本意ではない」

氷のような声で宣して、絹が倒れた摘の股間を蹴った。

「あつっっ」

摘が苦鳴《くめい》をあげた。

「ああああああああ」

苦鳴が絶望の悲鳴に変わった。

「己の毒に侵される気分はどうじゃ」

絹が淡々と言った。

股間を蹴られることで、なかに仕込んでいた針が、摘の女の密か所に刺さった。

「しゃっ」

肌の色を青黒く変え、泡を吹いて苦悶《くもん》する摘から目を離した絹が、手にしていた手裏剣《しゅりけん》を投げた。

「ぎゃっ」

寝所の襖《ふすま》の向こうで絶叫がした。

「お仲間も一緒に連れて行ってくださいな。幸せだと思っていただかねば」

「お仲間も一緒に連れて行ってくださいな。伊賀の最後を見ることなく、あの世へ逝《い》けるのです。幸せだと思っていただかねば」

絹の言葉は摘に届いていなかった。治済を殺すはずだった毒で、摘は死んでいた。

「終わったか」

「はい。騒々しいまねをいたしましたことを、深くお詫びいたしまする」

確認する治済へ絹が詫びた。

「構わぬ」

治済が気にするなと手を振った。

「兄を呼び戻したく存じまする」

絹が願った。

「お館さまへ刃《やいば》を向けた伊賀を滅ぼさねばなりませぬ」

「ならぬ」

はっきりと治済が首を振った。

「伊賀ごときで鬼を呼び戻す意味はない」

「ですが」

主君へ絹が抗弁した。

「絹よ。余はたった今より病《やまい》じゃ。奥で療養する」

笑いながら治済が言った。

「この奥におるかぎり、そなたは余を守ってくれるのであろう」

「もちろんでございまする。吾が命を捨ててもお守り申しあげまする」

絹が応えた。

「ならば、鬼を戻さずともよかろう」

「よろしゅうございますので」

「それまで、毎日そなたを抱いて過ごせるではないか」

「……お館さま」

頬《ほお》を染めて絹が照れた。

「愛《う》いやつめ」

治済が手を伸ばして絹を手元に引き寄せた。

「そなたの部屋へ参るぞ」

「はい」

絹がうなずいた。

四

立花家の加増に祝いさえ寄こさなかった一門たちだったが、一人娘瑞紀の縁談を知ったとたん、血相を変えて文句を付けてきた。

「立花の名跡を、たかが二百俵の小身の弟に継がせるなど論外である」

本家筋にあたる四百石立花内膳《ないぜん》が、併右衛門を突きあげた。

「柊家は二百石でございまするぞ」

併右衛門が訂正した。

「先日まで二百俵であったではないか」

「吾が家ももとは二百俵でございますれば」

内膳へ併右衛門が返した。

今でこそ奥右筆組頭として、権を振るう併右衛門だが、最初は二百俵の小普請組《こぶしんぐみ》であった。無理な借財までして作った金を撒《ま》いて、小普請組から抜け出し、西の丸小納《こなん》戸《ど》、右筆、奥右筆を経て、奥右筆組頭へと出世した。

「なんといっても認められぬ」

大声で内膳が否定した。

「そうだ。立花家の婿にはもっとふさわしい家がある」

同行していた親戚が唱和した。

「ふさわしいかどうかは、わたくしが決めることでござる」

併右衛門が言い返した。

「いいや。そなたの家の恥は、一門の恥でもある。そなたがあのような者を婿に迎えると、我らまで嘲《あざけ》られる。立花には一門に人がないのかとな」

内膳が断じた。

「なるほど。そういうわけでございますか」

あきれた顔を併右衛門がした。

「で、誰なら瑞紀の婿にふさわしいと言われるのか」

「吾が次男の相之介《あいのすけ》などどうじゃ。まだ二十歳だが、親の欲目にもよくできた息子だ。奥右筆組頭の婿として恥ずかしくないぞ」

「いや、吾が弟こそよかろう。歳こそ三十二歳と多少くっておるが、その分、世事に長《た》けておる。いつどのような役目に就こうとも、大丈夫じゃ」

口々に親戚たちが身内を推薦した。

「話になりませぬな」

聞いていた併右衛門が首を振った。

「どういうことじゃ」

息子を押しつけようとしていた内膳が、気色ばんだ。

「我が立花家を守るのが婿でござる」

「そのていどのこと、言わずともわかっておるわ」

内膳がくってかかった。

「ならば、先日、わたくしめが閉門を命じられたとき、なぜ、どなたもお見舞いにお見えにならなかったのでございますか」

「そ、それは」

「……行かなかったわけではない」

親戚が口ごもった。

「閉門謹《つつし》みは御上からの命である。そこへ見舞いなどしては、御上の為《な》されたことを非難することとなろう。それは、決してそなたの得にはなるまい。我らは涙を飲んで見過ごしていたのだ」

気まずそうな顔で内膳が言いわけした。

「柊家は来てくれましたぞ。城中で禁足されていた儂に弁当を届けてくれたのが、このたび瑞紀の婿となる衛悟じゃ」

「そのようなこと、中間《ちゅうげん》でもできるではないか」

「中間でもできることを、ご一門の方はしてくださらなかった」

冷たい目で併右衛門が内膳を見た。

「閉門とは表門を封じること。裏からの出入りはとがめられないのが慣例。せめて様子を問う使者をよこすくらいはしていただきたかった」

「うっ……」

「これ以上お話は不要でございましょう」

併右衛門が打ち切った。

「待て。本家として命じる。この婚約を破談にせよ」

内膳が告げた。

「お断りいたしまする」

きっぱりと併右衛門は断った。

「なにっ。本家に逆らうならば、一門から放逐《ほうちく》することになるぞ」

「どうぞ」

併右衛門は内膳の脅《おど》しを鼻先であしらった。

「どういうことかわかっておるのか。今後一門一族の援助を受けられなくなるばかりか、法要などにも出られぬのだぞ」

武家にとって一門とか一族は、大切なものであった。これは、乱世で信じられるものが血のつながりだったころの名残であった。

「おい。お客さまがお帰りだ」

無視して併右衛門が手を叩《たた》いた。

「はい」

顔を出したのは瑞紀であった。

「お見送りをいたせ」

「承知いたしました。皆さま、本日はお構いもいたしませず、失礼いたしました」

瑞紀が客間の前の廊下で頭を下げた。

「併右衛門、きさま、わかっておるのか」

あしらわれた内膳が真っ赤な顔で怒った。

「なにかできるものならばなされればよろしい。奥右筆組頭をどうにかできるというならば」

併右衛門が笑った。

「なにもそなたを相手にせずともよい。婿の実家を……」

内膳が黙った。併右衛門だけでなく、瑞紀までが笑っていた。

「やめておかれよ。これは一門であった者の忠告でござる」

笑いを収めて、併右衛門が言った。

「たかが二百石ではないか」

内膳が嘯《うそぶ》いた。

「二百俵が、倍の二百石になった。その理由を考えることだ」

口調を変えて、併右衛門が述べた。

「引きか」

ようやく内膳が気づいた。

「どなただ」

「あかの他人に、言う義理はないな」

きっぱりと併右衛門が拒んだ。

「柊に手だしすれば、そのお方を敵に回すぞ」

「うっ……」

内膳が詰まった。

「さっさと帰ってもらおう。二度と会うこともあるまい」

併右衛門に追いたてられて、親戚たちが帰っていった。

「よろしゅうございましたので」

隣の部屋で控えていた衛悟が問うた。衛悟を出せば、いっそう親戚たちが激すると考えた併右衛門によって、控えさせられていたのであった。

「かまわぬ。あのていどの連中とつきあいするだけ、ときの無駄じゃ」

衛悟の危惧を併右衛門が否定した。

「お送りして参りました」

そこへ瑞紀が戻ってきた。

「町屋なら、塩を撒《ま》くところだな」

併右衛門が笑った。

「よいときだけつきあうのが人ではない。悪《あし》きときに変わらぬ相手こそ、親しくするべきなのだ。もっとも悪いときに親切な顔をして近づいてくる者には警戒せねばならぬがの」

小さく併右衛門が嘆息した。

「ところで、衛悟。そなた手習いはどうした」

「お鷹狩りの一件より、ばたばたし失念しておりました」

問われて衛悟が思い出した。

「事情が事情だけに、いたしかたないが……おろそかにしていいことではない。立花家は役方である。儂がこのまま奥右筆組頭で隠居したとすれば、衛悟、そなたはおそらく表右筆か、納戸方、あるいは腰物方《こしものかた》あたりを初役とすることになろう」

表右筆は、将軍の私《わたくし》にかかわる文章を扱い、納戸方、腰物方はともに将軍の身のまわりのことをおこなった。

どれも出世に繋がる、旗本垂涎《すいぜん》の役目であった。

「番方《ばんかた》と違い役方にとってたいせつなのは、まず慣例前例を覚えること。次に字が美しいことである。己《おのれ》の書いた文書を上役どころか執政衆の方々までご覧になるのだ。読みにくければ、問い合わせが来る。一度くらいならまだしも、度重なると、不愉快だとなり、ご機嫌を損ねる。執政衆に嫌われれば、役方など一日ももたぬぞ」

併右衛門が諭した。

「心得まする」

衛悟は、神妙な返答をした。

「今から参りまする」

「そういたせ。若いときこそ、ときを無駄に使うな。老いてから悔やむことになる」

満足そうに併右衛門がうなずいた。

「お見送りを」

立ちあがった衛悟のあとに瑞紀が続いた。

「どちらへ」

瑞紀が衛悟を止めた。

「勝手口でござるが」

衛悟は答えた。

「なにを仰せられます。衛悟さま、あなたさまは、この立花家の婿として御上へのお届けもすんだのでございまする。そのお方が、勝手口などとんでもございませぬ」

厳しい顔つきで瑞紀が咎《とが》めた。

「お玄関からお出入りなさいますよう」

「わかりましてございまする」

言われて衛悟は逆の方向へ進んだ。

「では、行って参りまする」

玄関で衛悟が瑞紀へ告げた。

「お待ちくださいませ。衛悟さま、紙入れを」

瑞紀が手を出した。

「はあ」

衛悟が懐から紙入れを出した。

「新しいのを用意しなければなりませんね」

紙入れを手にして瑞紀が嘆息した。

衛悟の紙入れは、兄嫁が古くなった小袖《こそで》を切って作ってくれたものである。もともとの小袖が傷んでいたこともあり、すり切れたところなどがあった。

「いや、義姉上《あねうえ》が手ずから作ってくださったものでござれば……」

「はい。これはこれで大切に置いておかれればよろしゅうございまする。義姉上さまのお手製でございますれば。ちょうどわたくし縫《ぬ》いものをしている最中でございまする。端切《はぎ》れで申しわけありませんが、代わりにお遣いいただくものを作らせていただきまする」

「かたじけない」

一度言い出した瑞紀が折れることはない。衛悟は嫌というほどそれを知っていた。

「これを」

紙入れのなかをすばやく確認した瑞紀が、一分金や小粒金をいくつか足した。

「まだお金はございますれば、お気遣いなく」

ここ一ヵ月ほどは無給で併右衛門の送り迎えをしているが、それまでにもらった金はまだ残っていた。

なにせ、酒も飲まず、女遊びもしない衛悟である。せいぜい剣術の稽古帰りに、茶店で団子《だんご》を買うか、煮売り屋でどんぶり飯を喰《くら》うかなのだ。十分とはいえないが、まだ余裕はあった。

「いいえ。立花家のものが、外でお金に困ったとあっては、恥でございまする。遠慮なくお遣いくださいませ」

遠慮する衛悟へ、瑞紀が紙入れを押しつけた。

「どうぞ、お早いお帰りを」

ていねいに瑞紀が三つ指を突いた。

「あ、ああ、行って参りまする」

勝手の違う瑞紀に、衛悟は戸惑った。

屋敷を出た衛悟は、浅草へ向かって歩きながら、師の大久保《おおくぼ》典膳《てんぜん》の言葉を思い出した。

少し前、稽古に出た衛悟が弁当を持っていったときのことだ。そのころ、衛悟は新規召し抱えの話を受け、立花家との縁を切っていた。その衛悟に瑞紀が弁当を持たせた。

「これはな、隣の娘が、おまえはわたしのものだと、言っておるのだ」

弁当を共につつきながら、大久保典膳が笑った。

それを衛悟は、今、ようやく身に染みて知った。

「なにか、どんどん絡《から》め取られていくような」

衛悟は独りごちた。

麻布箪笥町から浅草はかなり離れている。といったところで、剣術遣いである衛悟の足ならば、一刻(約二時間)ほどで着く。

「ごめん、覚蟬どのはおられるか」

浅草の裏長屋を訪れた衛悟が、戸障子《としようじ》を叩いた。

「お留守か、覚蟬どの」

なんどか声をかけたが、返答がなかった。

戸障子に手をかけると、あっさりと開いた。

「おられぬな」

一間限りの長屋である。隠れるところなどない。

「坊さんなら、いやせんよ」

隣の戸障子が開いて、くたびれた中年男が顔を出した。

「お出かけか」

「ここ何日もかえってきたようすはございませんよ」

中年男が言った。

「何日も……」

「引っ越したのかも知れやせんぜ。なにせ、その日暮らしだ。日割りの家賃を払えない日もござんすからね。持ち出すほどの荷物もない。この長屋では、家賃をためてた奴が、ふっといなくなるのはよくあることで」

「そうか。助かった」

礼を述べて、衛悟は裏長屋を後にした。

「何日も帰っていないか」

衛悟は首をかしげた。

破戒僧として寛永寺を破門され、托鉢《たくはつ》と怪しげなお札《ふだ》を売ることで、世すぎをしている覚蟬だが、不義理をするような人ではないと、長いつきあいで衛悟は知っていた。

「どこかで病に倒れておられるのでなければいいが」

思わず、衛悟はあたりを探すように見た。

「寛永寺に知り合いがいると言われていたな」

使い古した墨や筆は、その人物から分けてもらっていると覚蟬は言っていた。

浅草からならば、寛永寺は帰り道である。

衛悟は、寛永寺へ立ち寄った。

「ごめん」

寛永寺の山門で、衛悟は近くにいる僧侶へ声をかけた。

「なんでございましょう」

若い僧侶が足を止めた。

「おそれいりまするが、こちらに浅草の覚蟬和尚をご存じのお方はおられませぬか」

「……貴殿は」

「柊衛悟と申しまする」

問われて衛悟は名乗った。

「しばしお待ちを」

合掌して若い僧侶が離れていった。

寛永寺は将軍家の菩提寺であり、庶民たちにかかわりはない。山門の外で待っている衛悟の他に人影はなかった。

「衛悟どのがか」

寒松院で深園と二人で話をしていた覚蟬のもとへ、若い僧侶が用件を伝えに来た。

「しまったの。手習いを中止するとの報せを出しておらなかったわ」

覚蟬が嘆息した。

「どういたしましょう」

「会うわけにはいかぬな。誰ぞを行かせて、覚蟬は親戚の不幸で、故郷の京へ帰ったとでも伝えてもらおうか」

問う若い僧侶へ、覚蟬が頼んだ。

「はい。ではそのように」

若い僧侶がうなずいた。

「待て」

深園が止めた。

「その者、利用できぬか」

「利用……」

覚蟬が首をかしげた。

「眠り薬を飲ませて、奥右筆への人質にする。そして奥右筆を操る」

「なにをさせるというのだ。奥右筆には何一つ決める力などないのだぞ」

あきれた覚蟬が首を振った。

「……いや、方法はある」

少し考えた深園が告げた。

「大奥にも仏間はあろう」

「あるであろうな。見たことはないが」

「ならば、そこで法要をさせよう。大奥から出ることのできない正室、側室たちのためにとして。その願いを大奥から出させ、そして奥右筆組頭に認めさせる」

「前例もない。なにより老中の決済がいるのだぞ」

無理だと覚蟬が否定した。

「前例を確認するのは、奥右筆だ。それに老中決済の花押《かおう》くらい、奥右筆ならばまねできよう。それをお広敷へ回せば、お山衆を江戸城へ入れられるぞ」

深園が興奮した。

「幕府はそれほど甘くはないぞ」

「やってみなければわかるまい。駄目でもともとだ」

「いかがいたしましょう」

会話を続ける二人へ、若い僧侶が訊いた。

「今すぐというわけにはいかぬな。まずは大奥に準備させねばならぬでな」

「深園、落ち着け」

覚蟬が制した。

「五日、いや、十日後がよいか。もう一度訪ねて来るように伝えよ」

覚蟬の忠告を無視して深園が若い僧侶へ言った。

「よろしゅうございますので」

若い僧侶が覚蟬に確認した。

「儂の言うとおりにせい。儂の言葉は法務さまのご命である」

深園が厳しい声を出した。

「はっ」

迫力に押されて、若い僧侶が出て行った。

「奥右筆をあまり舐《な》めない方がいい」

「石橋を叩いて渡るでは、もうどうにもならぬのだ。火中の栗を拾うだけの覚悟なしに、大事がなせるものか」

強く深園が言った。

「…………」

覚蟬はただ黙るしかなかった。

第三章　過ぎし刻《とき》

一

深夜の神域に冥府《めいふ》防人《さきもり》が立っていた。

「…………」

冥府防人が無言で一礼したのは、伊賀一宮敢国《いがいちのみやあえくに》神社にある甲賀《こうが》忍者の祖甲賀三郎《さぶろう》を祀《まつ》った末社であった。なぜか甲賀三郎を祀った社《やしろ》は伊賀にあった。これは伊賀が一国としてあつかわれたのに対し、甲賀は近江国《おうみのくに》の一部でしかなかったことが影響していた。冥府防人の出である望月家《もちづきけ》は、甲賀三郎の直系と自称していることもあり、敢国神社を崇敬していた。

「甲賀者か」

物音一つしなかった境内に、声がした。

「かつてはな」

笑いを含めた声で、冥府防人が答えた。

「望月ゆかりの者のようだな」

「そちらは藤林《ふじばやし》か」

互いに顔を合わすことのない会話が続いた。

甲賀で名門とされる望月家は、かつて伊賀との国境に近い馬杉《ますぎ》の領主であった。

「なにしに来た」

「近くに来たので、寄っただけだ」

冥府防人が告げた。

「そうか。ならば早々に立ち去れ」

「ああ」

首肯《しゆこう》して冥府防人が跳んだ。

「……やる。社の結界に触ったゆえ見つけられたが、ここまで入りこまれるまで気づかせぬとは、怖るべき。社の結界がなければ、入ったのも出たのも知らずに終わった。今の甲賀にあれほどの術者がいたとは」

しばらくして神域におぼろげな影が浮いた。

敵国神社を離れた冥府防人も感心していた。

「江戸の伊賀者とは比べものにならぬ。わざと結界をゆすってみたか。反応が早い。さすがは郷に残った忍《しのび》の末」

風のように走り、冥府防人は伊賀の国境をこえた。

伊賀と甲賀は山一つ隔てただけである。ともに山間の地で、物成りが悪いが、京《みやこ》に近い。京で権を争い、負けた者の多くが、伊賀と甲賀に逃げた。

ここで力を蓄え、ふたたび京へ帰るまで雌伏《しふく》するのだ。伊賀や甲賀の地侍たちは、その貴人たちの耳目として、京やその周辺を探る役目を与えられた。

こうして忍は生まれ、その技を切り売りするようになった。

ただ甲賀と伊賀で違ったのは、群れるか、一人かであった。

甲賀は地侍たちが郡中《ぐんちゅう》という組を作り、国を挙げて誰につくか、どう動くかを決めた。

対して伊賀は、地侍ごとに動いた。

これは忍としての動きにも反映した。団体で動く甲賀は、戦場で敵方の陣を混乱させることを得意とし、伊賀は一人働きとして、潜入、探索、放火などを得手《えて》とした。

「あいかわらず、貧相なところだ」

夜目で甲賀の地を見ながら、冥府防人が吐《は》き捨てた。

冥府防人は息も荒らげず駆け続け、夜が明ける前に、飯道山《はんどうさん》へと着いた。

飯道山は修験道《しゅげんどう》の修行場であった。山の中腹にある修験者の籠《こ》もる飯道寺を過ぎて、冥府防人は山頂へといたった。

「おられぬか。韻斎師《いんさいし》」

冥府防人が呼んだ。

「誰かと思えば、小弥太か」

そびえ立っている杉の木の上から声が返ってきた。

「郷を裏切ったおまえが、いまさらなにをしにきた」

冷たい口調で韻斎が問うた。

「御坊を誘いに参りましてございまする」

ていねいな口調で冥府防人が言った。

「誘い……儂《わし》をか」

韻斎が笑った。

「儂にも郷を裏切れと。おもしろいことをいう」

「冗談ではございませぬ。もう、甲賀は終わっておりまする。このままでは、技も途《と》絶《だ》えましょう」

「なにを言うか。儂がおるかぎり甲賀の技は続く」

冥府防人の言葉に、韻斎が反論した。

「御坊の後はどうでござる」

「…………」

韻斎が沈黙した。

「もう甲賀には技を継ぐだけの気概を持った者はおりますまい」

「黙れ。甲賀を売ったおまえに言われることではない」

怒気を韻斎が見せた。

「喰《く》えておりますか、郷の者は」

「……うっ」

韻斎が詰まった。

「昨今は幕府も合力金を下賜《かし》してくれますまい」

淡々と冥府防人が続けた。

甲賀は貧しい土地である。また、街道筋から離れていることもあり、商いもできず、特産とするようなものもない。干ばつ、冷夏など、少し米のできが悪いだけで、飢えた。

そんなとき、甲賀は幕府へ金をねだった。かつて戦国で、家康《いえやす》に早くから味方し、伏見城《ふしみじょう》では多くの討ち死にを出した。その功績に報いて欲しいと、喰うに困るたびに甲賀は願った。そしてわずかながら幕府も応じた。

しかし、いつまでも面倒を見てくれるわけもなかった。戦国の世を知っている者などとうにいなくなっているのだ。黴《かび》の生えた手柄を声高に言う甲賀への風当たりは強くなり、ここ何度かの願いを幕府は無視していた。

「もともと、すんだ話でござるぞ。戦国の手柄は」

冥府防人があきれた。

かつて天下を取った家康は、甲賀に召し抱えの話を持ちこんだ。しかし、これに応じたのは、伏見城で奮戦して死んだ甲賀者の遺族たちくらいであった。家康の誘いに乗った甲賀者たちは、郷を捨てて江戸へ移り、与力《よりき》として幕府に仕えた。

残りは先祖代々の土地を捨てられず、幕府の誘いを断った。このまま甲賀の地侍として、いや、小さいながら国人領主として代を継いでいけると思った甲賀の郷の者たちの思惑は、幕府によって否定された。

甲賀の忍たちを、国人領主として幕府は認めなかった。

主持《あるじ》ちでない者は、武士にあらず。

こうして甲賀に残った者たちは、百姓とさせられた。百姓には、年貢を納める義務がある。今まで領主として年貢を取る身分だった甲賀郷士たちが、年貢を払わなければならなくなった。

もともとさして石高のない土地である。あらたに新田を開発しようにも、山ばかりで開拓できるところもない。

すぐに甲賀は貧しさに覆《おお》われた。

甲賀の郷士たちは、あわてて幕府へ、己《おのれ》たちも侍身分にしてくれと嘆願した。しかし、ときはすでに遅かった。

治世において身分の確立こそ重要と考えた幕府は、甲賀郷士たちの願いを認めなかった。ただ、わずかな金を下賜してなだめただけであった。

それももう終わった。

「このようなところに固執しているから、甲賀はだめになったのでござる」

はっきりと冥府防人が述べた。

「違う」

韻斎が否定した。

「江戸へ行けば、技の修行をする場所がなくなるであろう」

「たしかに」

江戸のように人の多いところで、秘匿《ひとく》するものの多い忍の鍛錬《たんれん》などできるものではなかった。

「栄達《えいだつ》を捨てて、郷に残った者がいればこそ、忍の技は続いたのだ」

「それについては認めまする。わたくしも、妹も、郷でいろいろなことを学びましたゆえ」

冥府防人が認めた。

「ならば、なにゆえ甲賀を捨てた」

杉の木の根元へ、韻斎が落ちるようにして降りてきた。

「望月の家を興《おこ》すためでございまする」

「きさまのおかげで、組頭《くみがしら》の座を追われたのだぞ。望月は。それを知っていながら、よく言う」

韻斎が罵《ののし》った。

「一時のことでございましょう。いつの世も天下《てんか》人《びと》の登場に忍の力が要りまする。やがて、望月の家は、数千石の旗本となりましょう」

「将軍の息子を殺したおまえがか」

鼻先で韻斎が笑った。

「ふうう」

大きく冥府防人が嘆息した。

「師も、やはり取り残された人でござったか。おじゃまをいたしました」

冥府防人が背を向けた。

「このまま帰れると思ったのか」

氷のような声を韻斎が出した。

「一人、二人……四人。よく集めましたな」

闇の数ヵ所を冥府防人が指した。

「ほう。気づいていたか」

韻斎が感心した。

「あの杉の上で、のろしをあげられたのは、師でござろうに」

冥府防人が笑った。

「こやつらは、儂が十年鍛えた。江戸で鍛練を忘れたおまえとは腕が違う」

すっと韻斎が杉の後ろへと隠れた。代わって四つの影が、冥府防人を取り囲んだ。

「ふむ。江戸の甲賀組とは、違うようでござるな」

冥府防人が感嘆した。

「甲賀の名を汚した者には死を。これが掟《おきて》じゃ」

郡中を持ち、結束を誇った甲賀において、逆らう者は敵と同じであった。

「やれっ」

韻斎が合図をした。

「しゃっ」

四方から八方手裏剣《はっぽうしゅりけん》が飛来した。

「ふん」

冥府防人が上へ跳んだ。

「馬鹿め」

韻斎が嘲笑《ちょうしょう》した。

いかに体術に優れていようとも、空中で自在に体勢を変えることはできない。

「死ね」

すばやく韻斎が手裏剣を放った。

「…………」

無言で冥府防人も手裏剣を撃った。手裏剣同士がぶつかり、火花が散った。

とぎれることなく冥府防人が手裏剣を投げ続けた。

「ちっ」

韻斎が舌打ちをした。

無数に近い手裏剣への対応で、韻斎が杉の後ろから動けなくなった。その隙《すき》に、冥府防人は忍刀《しのびがたな》を抜いた。

手裏剣を遣《つか》いきったと見て、四方から忍刀を抜いた甲賀者が、冥府防人へ向かって来た。

「やめい。近づくな。小弥太の体術は……」

あわてて韻斎が止めたときには遅かった。

冥府防人は、もっとも近づいた甲賀者の喉《のど》に忍刀を叩《たた》きこんだ。

「ぐっ」

喉を破られて、一人が沈んだ。

「二間（約三・六メートル）を保て」

韻斎が命じた。

「甲賀《こうが》陣《じん》。たった三人でか」

忍刀を抜いた冥府防人が、驚いた。

甲賀陣とは、四方八方を忍で囲み、なかの者を逃がさない技だ。殺すことも生け捕りにすることもでき、乱世では多くの武将を倒し、手柄をあげた。

「それだけ、そやつらができるというわけだ」

相変わらず少し離れたところで、韻斎が告げた。

「…………」

冥府防人が沈黙した。

「どうした、必殺の甲賀陣には勝てまい。言うまでもないが、今更《いまさら》降伏したところで、許されぬぞ」

「このていどの男を師と仰いでいたのか」

「なんだと」

「無駄足だったな」

感情のない声で言った冥府防人の姿が消えた。

「なにっ」

「どこだ」

陣をしいていた甲賀者が、あわてた。

「それで甲賀者と言うか」

「そこかっ」

話しかけられた甲賀者が、忍刀を振った。

「すでに死んでいることにも気づかぬとは」

「えっ」

振り返ろうとした甲賀者の首から血が噴き出た。

「いつのまに」

残った甲賀者二人が、驚愕《きょうがく》しつつも冥府防人へ正対しようとした。

「遅いわ」

そこに冥府防人はすでにいなかった。

「させぬ」

一人の甲賀者が後ろへ跳びながら、撒《ま》き菱《びし》を散らかした。

撒き菱は、菱の実を乾燥させたもので、角が鋭く尖《とが》っており、敵の足を貫き、その動きを止める忍の武器の一つである。

「お手本のような動きだな」

笑いながら冥府防人が、撒き菱を避けながら走った。

「相手が見ている前で撒いたのでは、不意打ちにならぬだろう。どこに落ちたかを見ていれば、踏むことなどない」

「そんな……」

呆然《ぼうぜん》とした甲賀者の胸に冥府防人が忍刀を刺した。

「ああ、あああ」

甲賀者が絶望のうめきを最後に死んだ。

「ひっ」

残った最後の甲賀者の腰が引けた。

「郷へ戻れ、人を呼べ」

韻斎が命じた。

「…………」

無言で甲賀者が背を向けた。

「なにを考えておられる」

十分ときを置いて、冥府防人が口調を戻した。

「甲賀を絶やすおつもりか」

「もうよかろう」

穏やかな声で韻斎が述べた。

「忍の働く時代は終わった」

韻斎が寂しそうに言った。

「なまじ甲賀の技などというものがあるから、それを宝のようにしてすがろうとする。百姓ならば、百姓として本分を尽せばいい。実りが悪いなら、どのような峻険なところで、猫の額のように狭くとも、田を開き、畑を作ればいい。なぜただの百姓になってはいかぬのだ」

「矜持《きょうじ》でございましょう」

わかりきっている答えをあえて冥府防人が口にした。

「そうだ。過去の栄光にすがりたいのだ」

力なく韻斎が同意した。

「甲賀の忍は、江戸へ行かなかったときに終わったのだ。いや、江戸へ出た者も終わった。江戸城の門番は忍の任ではない」

「はい」

冥府防人がうなずいた。

「泰平が二百年以上続いた。戦《いくさ》ももうない。忍の生きる場所はなくなった。ならば滅びるしかあるまい」

韻斎の身体《からだ》から殺気があふれた。

「先ほど逃がした者は」

「あいつには、妻も子もある。儂やそこに転がっている連中とは違う」

問いかけに韻斎が答えた。

「見張りでございましょう、こやつらは」

「そこまで見抜くか」

目を大きくして、韻斎が感嘆した。

「ここからののろしは、森に邪魔されて郷から見えませぬよ」

「さすがじゃの。郡中の長《おさ》どもは、おぬしを育てた儂を警戒していたのだ。儂がおぬしと合流すれば、甲賀の郷に累《るい》が及ぶとな。あやつらが年中張り付いておった」

韻斎が吐き捨てた。

「郡中の悪い面でございますな。皆一列でなければならぬ。出る釘《くぎ》を怖れる。頭を出さないようでは、進歩はないというに」

「だの。忍の技も代を重ね、工夫を積んで、ようやく今の形になった。だが、これが完成ではない。忍が生まれたころにはなかったものが現れているのだ。鉄砲や遠見筒とかな。当然、それに対抗して技も変わっていかねばならぬ。それを甲賀は拒んだ。徳川幕府ができたとき、甲賀の忍は死んだ」

「…………」

「死者は弔《とむら》ってやらねばなるまい」

忍刀を韻斎が抜いた。

「それに、おまえとは真剣にやりあってみたかった。二人きりでな」

「師よ。そのお力、お館《やかた》さまのために使われませぬか」

冥府防人がもう一度誘った。

「忍本来の力を存分に発揮できまするぞ」

「心惹《ひ》かれるが、五年遅かったな。もう、かつてのように跳べぬし、走れぬ」

韻斎が忍刀を胸の前で水平に構えた。

「戯《ざ》れ言《ごと》は終わりだ。郷から人が来る前に終わらせようぞ。久しぶりに死力を尽くしたい」

「残念でござる」

忍刀を下段にとって、冥府防人が首を振った。

「………」

気合いもなく、韻斎が跳んだ。勢いのまま、刀を叩きつけてきた。

「………」

やはり無言で冥府防人が受けた。

「はっ」

当たった刀を支点として、韻斎が体を回した。左手に握りこんだ針で、冥府防人の目を狙った。

「おっ……」

首をすくめて避けた冥府防人が、左足で韻斎を蹴った。

「ぬん」

韻斎が後ろへ跳んだ。

「………」

冥府防人が追い、忍刀を突き出した。

「あたらぬわ」

小さく首を振って、韻斎がかわした。

「せいっ」

韻斎が忍刀を鍬《くわ》のように、上下に使った。二度、三度と繰り返す。

「……つっ」

動きが小さいだけに疾《はや》い。冥府防人は少し押しこまれた。

「しゃああ」

止《と》めとばかりに、韻斎が踏みこんできた。

「はっ」

息をぶつけるように吐いた冥府防人が、腰を回して、忍刀を水平に薙《な》いだ。

横薙ぎは、伸びる。冥府防人の一刀は、忍刀をぶつけようとしていた韻斎を制した。

「こいつめ」

苦い顔をして韻斎が間合いを空けた。下がりながら手裏剣を撃った。

追いすがろうとした冥府防人が、後ろへ引いて手裏剣をかわした。

二人の間合いが五間（約九メートル）まで空いた。

「衰えられたか」

「あれから何年経《た》ったと思っている。お前が、甲賀の郷での修行を終えて、もう十五年ぞ。儂も六十歳をこえた。忍の華は二十から三十くらいまでよ」

韻斎が息を吐いた。

「そろそろ決めようぞ」

言い終わるなり、韻斎が手裏剣を投げつけた。右手だけで韻斎は、四つの手裏剣を操って見せた。

「…………」

冥府防人は、膝《ひざ》の高さまで身体を前へ倒して、手裏剣の下を潜《くぐ》った。そのまま駆けた。

「やるっ」

感心しながら韻斎が忍刀を上へあげて待ち構えた。

「ふっ」

冥府防人が口から針を吹いた。

「甘い」

韻斎が左手で目をかばった。手甲《てっこう》に当たって針が弾かれた。

一瞬韻斎の目がふさがれた。

「はああっ」

大きく冥府防人が跳んだ。

「上か」

韻斎が顔を上げたとき、冥府防人は空中で手裏剣を放った。三つの手裏剣が韻斎の身体をわずかなずれで襲った。

「ちぃい」

忍刀を振るって韻斎が手裏剣を防いだ。無理な動きで韻斎の構えが崩れた。そこへ冥府防人が忍刀を角《つの》のように立てながら、頭から落ちた。

「…………」

冥府防人の忍刀が、韻斎の胸へと突き刺さった。

「……ぐっ」

かすかなうめきを残して、韻斎が死んだ。

「いつかは、吾《われ》もこうなるか。火縄の臭《にお》い」

崩れ落ちた韻斎へ手を合わせかけた冥府防人が、大きく跳んで離れた。韻斎の身体が爆発した。

「見事な」

冥府防人が感心した。韻斎は、己の身体を使って最後の罠《わな》を仕掛けていた。

爆音が木々を揺らせた。ようやく夜明けを迎えようとしていた森の静寂が破れ、寝ていた鳥や獣が騒ぎ出した。一陣の風が白煙を吹き払い、えぐり取られた地面と、四散した韻斎の身体が冥府防人の目に映った。

「さらば、師よ。もう、二度とこの地へ来ることはあるまい。さて、江戸へ戻らねば、お館さまの御身が心配じゃ」

夜明けの光に溶けるように、冥府防人の姿が消えた。

轟音《ごうおん》を聞いた飯道寺の修験者たちが、山頂へ駈《か》けのぼってきた。

「なにごとじゃ」

修験者はすぐに、山頂に残った焼け跡に気づいた。

「雷でも落ちたのか」

「とにかく大導師《だいどうし》さまへお報《しら》せを」

大導師とは、この飯道山の修行場を預かる修験者の長であった。

「うわっ。人の首が、転がっておる」

周囲を見た修験者の一人が驚愕《きょうがく》の声をあげた。

その首を夜明けの日が照らした。

「だ、大導師……」

首を見た修験者が絶句した。

二

大奥から、年忌法要の願いが、お広敷《ひろしき》へと出された。

お広敷は大奥と表を繫《つな》ぐ役所である。お広敷用人を頂点とし、お広敷番頭《ばんがしら》、お広敷番、お広敷伊賀者《いがもの》などがおり、大奥に入った将軍の食事の準備や、大奥女中たちの日常生活の補助、出入りの監視などをした。

「大奥お仏壇の間でか」

要望を受けたお広敷用人が悩んだ。

大奥には、歴代の将軍、将軍の両親、御台所《みだいどころ》の位牌《いはい》を祀る仏間があった。将軍の手がついていないお清《きよ》の中﨟《ちゅうろう》が交代で守《もり》をし、大奥で一夜を過ごしたかどうかの関係なく、将軍と御台所が毎朝礼拝した。

「前例はあるのか」

幕府も成立から二百年経ち、軍政から文官政治に変わり、なにをするにおいても前例、慣例によった。

「奥右筆《おくゆうひつ》さまへお問い合わせになられてはいかがでございましょう」

お広敷用人の配下であるお広敷御用部屋書役《かきやく》が進言した。お広敷御用部屋書役は、お目見え以下准譜代席《じゅんふだいせき》三十俵三人扶持《ぶち》の身分軽き者であったが、お広敷の書付《かきつけ》を扱うことから、諸事に通じていた。

「そうじゃな」

お広敷用人が立ちあがった。

奥右筆よりもお広敷用人が格上になるが、もっている権は比べものにならなかった。大奥という後《うし》ろ盾《だて》を持っていても、奥右筆の機嫌を損ねるのは、つごうが悪い。また多忙という点でいけば、奥右筆に優る職は、勘定方勝手方《かんじょうがたかってがた》くらいしかない。お広敷用人は奥右筆組頭を務めた者の行き先の一つである。よく相手のことを知るお広敷用人が、奥右筆部屋へ向かうのは当然であった。

「奥右筆組頭どのに面会を求める」

前は奥右筆組頭であったとはいえ、転じてしまえば、勝手に入ることはできなかった。お広敷用人は、奥右筆部屋の前で控えている御殿坊主《ごてんぼうず》に仲介を頼んだ。

「しばし、お待ちを」

御殿坊主が、襖《ふすま》のなかへ入った。

「組頭さま」

「なんじゃ」

立花併右衛門は、書付から目を離さず、御殿坊主へ用件を問うた。

「お広敷用人水原市之亮《みずはらいちのすけ》さま、組頭さまに御用とお見えでございまする」

御殿坊主が伝えた。

「水原さまがか」

顔をあげたのは加藤仁左衛門であった。水原は、加藤仁左衛門の先任であった。

「しばし、お願いいたす」

加藤仁左衛門が併右衛門へ一礼してから立ちあがった。

「お任せを」

併右衛門が首肯した。

奥右筆組頭の職務は多岐にわたる。

「組頭さま、町奉行より、下手人への責め問いをおこないたい旨《むね》の願いが出ておりまする」

「罪状は書かれてあるか」

「押し込み強盗で一人を殺害し、二人を傷つけておりまする」

詳細を求める併右衛門へ配下の奥右筆が答えた。

「ならば問題はないな。ご老中さまのお許しがいる。妥当との意見を付けて、御用部屋へ回せ。牢屋《ろうや》医師の立ち会いがいることも書き忘れるな」

「はい」

奥右筆が、筆を入れた。

配下に指示を出しながらも、併右衛門は淡々と己の仕事を片付けていた。

「戻りましてございまする」

加藤仁左衛門が帰ってきた。

「…………」

無言で併右衛門はうなずいた。

「立花どの」

座った加藤仁左衛門が、併右衛門へ話しかけた。

「お忙しいところ申しわけないが、少しよろしいかの」

「どうぞ」

年齢は併右衛門がうえになる。しかし、奥右筆組頭としては加藤仁左衛門が先任であった。声をかけられた併右衛門は筆を止めた。

「お広敷用人どのが用件なのでござるが……」

加藤仁左衛門が語った。

「大奥に寛永寺《かんえいじ》か増上寺《ぞうじょうじ》の僧侶を招いて、法要でございますするか」

併右衛門が、思案に入った。

「前例がございまするか」

「はっきりとした記憶ではございませぬ……たしか二代将軍秀忠《ひでただ》さまの御世で、ご正室お江与《えよ》の方さまが、一度なされたことがござったような」

「ござるのか」

「記録を精査せねば、断言できませぬぞ」

小さく併右衛門が首を振った。

「たしかに。しかし、秀忠さまの御世でございまするか。古い話でございますな」

「あのころの大奥は、今のように出入りは厳しくなかったようでございましたので、なんとかなったのでございましょうが」

感心する加藤仁左衛門へ、併右衛門は述べた。

大奥が現在のような形になったのは、三代将軍家光《いえみつ》のころである。家光を将軍にするのに功績のあった春日局《かすがのつぼね》が、執政たちよりも力をもったことで、大奥が一つの権威となったのだ。

そこで、表の介入を避けたい大奥と、政《まつりごと》へ女の口出しを避けたい表の思惑が一致し、大奥は男子禁制となった。

「前例とするには、ちと弱い」

「さようでございますな」

確認する加藤仁左衛門へ併右衛門が同意した。

「そのようにお広敷へ申しましょう。お広敷から大奥へ伝え、撤回してもらうのが、よろしゅうございますな」

「正式に奥右筆部屋へ願いが回って来る前に、あきらめていただければなによりでございまするな」

二人の組頭が顔を見合わせた。

大奥は、奥右筆にとっても頭の痛い場所であった。

将軍の私《わたくし》である大奥とはいえ、幕府の一部なのだ。新しい女中を抱えるには、その禄の支給を願う書付が要りようであるし、なにかを買ったならば、支払いを勘定方へ回さねばならない。それらすべての書付は奥右筆部屋を経由するのだ。

「書付を出すのは遅い、そのくせ、返事は急《せ》かせる」

奥右筆にとって大奥は面倒な相手でしかなかった。

「これをお広敷用人の水原さまへ」

すばやく加藤仁左衛門が手紙を書き、御殿坊主へ渡した。

「はい」

御殿坊主が出て行った。

「そうか。二代さまの御世か、ならば、お諦《あきら》めいただくしかないな」

奥右筆組頭の経験がある水原は、書付の裏にある意図をさとった。

「お年寄《としより》の初島さまへ、お目通りを願う」

水原が、下の御錠口《ごじようぐち》から大奥へ話しかけた。

下の御錠口は、お広敷用人詰め所の隣、伊賀者詰め所にあった。

「暫時《ざんじ》またれよ」

杉の板戸越しに奥女中の返答があった。

摘の死は、すぐにお広敷伊賀者組頭藤林喜右衛門《きえもん》の知るところとなった。

「なにをしておる。それでも伊賀のくの一か」

藤林が激怒した。

「伊賀が敵に回ったのを、一橋に知られてしまった。いつ将軍へその旨《むね》が伝えられるか」

「申しわけもございませぬ」

憤慨《ふんがい》する藤林の前で、壮年の伊賀者が平伏していた。

「娘の不始末は、親が取れ」

平伏していたのは摘の父、竜山平蔵《たつやまへいぞう》であった。

「……承知いたしました」

重く竜山がうなずいた。

「一橋が動く前に仕留めよ」

「ただちに」

竜山が受けた。

伊賀者同心の長屋は狭い。居間、台所、控えの三部屋に小さな厠《かわや》と浴室があるだけであった。居間を当主夫妻が使い、控えに隠居夫婦、当主の兄弟、子供が住んだ。

長屋へ戻った竜山は、息子二人を呼んだ。

「父上、なんでござろうか」

嫡男の数矢《かずや》が問うた。

「来たか。数矢、達矢《たつや》、組頭さまより命《めい》が下った」

竜山が口を開いた。

「どのような」

数矢が訊《き》いた。

「摘が、任をしくじった」

「姉上が」

達矢が息を吞《の》んだ。

「伊賀くの一で三本の指に入る姉上が……」

「うむ。一橋卿《きょう》を閨《ねや》で殺そうとして、返り討ちにあった」

淡々と竜山が告げた。

「一橋卿が、そこまで武術の遣い手とは聞いておりませんが」

落ち着いた様子で、数矢が確認した。

「甲賀のくの一じゃ、摘を倒したのは」

「馬鹿な。甲賀などとうに忍であることを辞めた連中ではないか」

「事実から目をそらすな。達矢」

父が次男をたしなめた。

「申しわけございませぬ」

叱《しか》られた達矢が詫《わ》びた。

「一橋卿の手元に強力なくの一がおるというわけでございますな。で、我らはなにを」

数矢が先を促した。

「摘の尻ぬぐいじゃ」

「……一橋卿を討つ」

「うむ」

竜山が首肯した。

「一橋におるのは、くの一だけでござるのか」

達矢が尋《たず》ねた。

「それもわからぬ。組頭さまは、くの一だけしか見ておらぬと言われていた」

問いに竜山が答えた。

かつて江戸城で奥右筆組頭立花併右衛門を仕留めようとして、お庭番と戦って負けたお広敷伊賀者は、存亡の窮地《きゅうち》に陥《おちい》った。お広敷伊賀者組頭藤林は、伊賀者を救うため、幕政の実力者松平定信と、将軍の実父一橋治済を恃《たの》んだ。そこで藤林は、治済を守る絹の気配を見抜いていた。

「いかに腕が立とうとも、くの一は女。体術で我らに敵《かな》うはずもなし」

自慢げに達矢が胸を張った。伊賀でも有数のくの一だった姉を達矢は簡単に下していた。誇るのも当然であった。

「油断はするな」

息子の増長を父が戒《いまし》めた。

「今夜、神田館《かんだやかた》を調べる。明日の朝、用意を整え、夜には決行する」

「承知」

「おう」

父の言葉に息子たちがうなずいた。

刺客を命じられることもある忍だったが、決していきなり相手を襲ったりはしなかった。それは、相手方の警固《けいご》や能力を把握しておかなければ、最適な方法を選べず、失敗する率が高まるからである。それ以上にたいせつなのが、己の生還であった。忍は生きて帰って初めて仕事を為《な》したと言える。相手を倒したはいいが、己も死んでしまえば、報告が遅れ、相手に死後の混乱を鎮《しず》めさせるような手を打たせてしまう余裕を与えかねない。もっとひどい場合には、死んだのを良いことに報酬《ほうしゅう》を払われないことさえある。見届け役がつくとはいえ、やはりその場にいた者の話が大きい。

戦場で華々しく名乗り合って戦う武士とは違う。忍は己の名を知られれば、終わりなのだ。手の内を見抜かれれば、あらかじめ対処されてしまう。忍は無名こそ実力者の証明であった。

無名を保つには、任を果たしたとき、跡を残さなければいい。そうするには、まず地の利を確保しなければならなかった。逃げ道をあらかじめ覚えておくのと、行き当たりばったりでは、脱出までの手間が大きく違う。ほかにも相手の警固がどのていどの腕で何人いるかを知っておけば、こちらが何人出せばいいかもわかる。

下調べを終えれば、忍の仕事は半分終わったも同然であった。

神田館は、江戸城一橋御門を入って右にある。江戸城の外壁も兼ねる一橋家の塀は、堀に向かって高くそびえていた。

「堀からの侵入はだめだな。水に濡れればどうしても動きが鈍くなるうえに、跡を残す」

月明かりで神田館を見ながら、竜山が述べた。

「では、門から」

「番士がおるぞ」

達矢の意見を数矢が否定した。

「あんなもの、かかしと同じだ。我らに気づくことなどないぞ」

戦国の世に、陣中を守っている兵ならば、忍の気配に気づくかも知れなかったが、泰平の今、侍の表芸である武術の鍛錬さえ、番士たちはおろそかにしている。とても伊賀者の侵入を防げるはずはなかった。

「行くぞ」

竜山が息子二人を促した。

「これ以上は気づかれる」

神田館の奥近くまで進んで、竜山が止まった。

「もう少しよいのでは」

「いや。奥はくの一の結界が張ってあろう。見つかれば、明日の襲撃が難しくなる。ここまで来ただけで良しとすべきである」

功をあせるような数矢を抑え、竜山は忍の本分である生きて帰る、を優先した。

翌日の夜、三人の伊賀者が神田館へ侵入した。三人は、神田館の天井裏を音もなく進んだ。

「達矢はここで、退路の確保を」

「承知」

表と奥の境目に達矢が残った。

「目的は一橋卿の首だけ。もし、甲賀のくの一が邪魔に入れば、おまえが相手をせい」

「わかっておる。父上」

数矢が首肯した。

「行くぞ」

表と奥との仕切りを、竜山が苦無《くない》を使って破った。苦無は木の葉型をした手のひらほどの忍道具であった。刃物の先をのこぎりのようにしたもので、手裏剣代わりとして投げたり、剣の代わりとして斬ったりと、武器としても使えた。

「…………」

二人が穴のなかへ消えた。

「殿」

治済の男を受け入れていた絹の目が、潤《うる》んだものから一気に醒《さ》めた。

「刺客か」

動きを止めずに治済が訊いた。

「はい。ご無礼をいたしまする」

絹が、治済の身体の下から滑り出た。

「余が萎《な》えるまでにすませよ」

「……はい」

治済の命に、一瞬絹が頰《ほお》を赤らめた。

伊賀者二人は、すばやく奥の天井裏の梁《はり》を伝わって、治済の閨《ねや》へと向かった。

「摘の報せてきたのは、あそこだ」

口のこもるようなしゃべり方は、すぐ隣にしか聞こえない。

神田館に入った摘は、治済の閨に侍るだけでなく、その構造も調べ、伊賀組へ報せていた。

「…………」

無言で数矢が半歩前へ出た。懐《ふところ》から手裏剣を取り出し、構えた。

「一撃で仕留める」

忍刀を抜いた竜山が、懐から革袋を取り出し、なかの汁を刀身に塗った。

「鳥兜《とりかぶと》の毒じゃ。かすっただけで死ぬ」

小さく笑った竜山が、大きく踏み出し、閨の天井板を踏み割った。

「そこか」

見ろした竜山が、股間も露《あら》わに寝ている治済へと向かって落ちた。

「しゃっ」

隣で待ち構えていた絹が、己の身にまとっていた寝間着を振った。寝間着が蛇《へび》のように、竜山の忍刀にまとわりついた。

「ふん」

竜山が忍刀をあっさりと捨てた。

「かかったな」

笑いを浮かべて、竜山が懐から手裏剣を出すなり撃った。

「どちらが」

冷たい微笑を浮かべながら、絹が足下に転がっていた夜着を蹴りあげた。夜着が治済の前に拡がり、手裏剣を受け止めた。

「ちっ」

舌打ちした竜山が、口笛を吹いた。

「仲間か」

畳《たたみ》を蹴って、伊賀者と治済の前へ立った絹が、手にしていた寝間着を振った。巻き取っていた忍刀が、竜山目がけて飛んだ。

「ちいい」

忍刀を避けるため、竜山が大きく後ろへ下がり、間合いを空けた。

「任せた」

そこへ数矢が降りてきた。竜山が、言った。

「おろかな」

絹が蹴りを放った。素裸《すっぱだか》なままで、右足を大きくあげた絹に、数矢が飛びかかった。

「しゃっ」

手にしていた忍刀で数矢が突いた。

「ふっ」

絹が鼻先で笑った。

身体を回して忍刀に空を斬らせると、絹はその勢いのままで間合いを詰めた。

「くっ」

間合いを失った数矢は、あわてて忍刀を戻したが、遅かった。

「死になさい」

絹が尖らせた右手で数矢の喉を打った。

「かはっ」

喉の骨を折られた数矢が息を詰まらせて死んだ。

「…………」

手裏剣を手に握りこんだ竜山が、息子の死にも動じず、治済目がけて襲いかかった。

「ぐっ」

あと少しで治済に届く竜山の動きが止まった。背中から腹へ忍刀が生えていた。

「まったく、兄のおらぬときに」

数矢から奪った忍刀を投げた絹が嘆息した。

「終わったのか」

治済が崩れ落ちた竜山を見た。

「いいえ」

絹が首を振った。

「必ず忍は逃げ道の確保に一人を置いておりまする」

裸のまま、絹が天井裏へと飛びあがった。

「しばし、お待ちを」

「ここは血なまぐさい、そなたの部屋に参っておく」

「どうぞ」

一礼して絹が消えた。

「鬼のおらぬときでよかったの。でなくば、そなたたちは余《よ》の姿を見ることさえかなわなかったであろう」

治済が死した伊賀者を見下ろした。

「もっとも、鬼がおらぬとも夜叉《やしゃ》が、余にはおる。定信、そなたは、己の器で周囲を量りすぎる。器の大きさを考えもせず。茶碗に大河の川の水は入らぬ」

あからさまな侮蔑《ぶべつ》の言葉を、治済がつぶやいた。

三

覚蟬が行き方知れずになったことに、併右衛門は疑念を持った。

「衛悟、覚蟬という坊主について、すべてを話せ」

任を終えて屋敷に戻ってきた併右衛門は、覚蟬の居場所がわからないと告げた衛悟へ命じた。

「はい」

問われるままに衛悟は出会いから話した。

「わたくしと覚蟬どのの出会いは、深川《ふかがわ》の団子屋律儀屋《りちぎや》でございました。稽古《けいこ》の帰り、空腹を紛《まぎ》らわせるため、団子《だんご》を食べに寄っていた律儀屋でなんども顔を合わせ、そのうち話をするようになり、親しくなって参りました」

「ふむ。出会いは普通だの」

「その後は、立花どののもご存じのとおりでございまする」

衛悟は述べた。

「覚蟬は、衛悟が立花の婿《むこ》になったと知っていたのか」

「話した覚えがございまする」

確認された衛悟はうなずいた。

「書の練習については、そなたから頼んだのか、それとも向こうからか」

併右衛門が問うた。

「たしか、覚蟬どのからおっしゃって下さいました」

「先夜、儂の出迎えに遅れたとき、あれは」

続けて併右衛門が質問した。

「ようやく筋ができてきたので、忘れないうちに書き慣れておけと」

「…………」

併右衛門が黙った。

「衛悟」

しばらく思案した併右衛門が口を開いた。

「はい」

「鷹狩りで襲ってきたのは、僧侶であったな」

「見た目は僧侶に違いありませぬ。墨衣《すみごろも》に身を包み、頭を丸めた立派な僧形《そうぎょう》でございました」

衛悟はうなずいた。

「まさか……」

いかに鈍い衛悟でも気づいた。

「覚蟬どのが……」

「おそらくな」

併右衛門が苦い顔をした。

「しかし、覚蟬どのと知り合ったのは、わたくしが立花どのの警固を引き受ける前でございまする」

「偶然だったのだろうな」

まだ覚蟬を信じようとしている衛悟へ、併右衛門は現実を突きつけた。

「放逐《ほうちく》された僧侶の行方を、寛永寺が探すはずなかろう」

「それは、知人が……」

「覚蟬という坊主は、比叡山一の学僧といわれた人物であろう。それが、酒を飲み、女を抱いた。寛永寺にとって、どれだけ大きな傷だ。考えてみよ。修行を積み重ねた僧侶が崩れたのだぞ。天台宗《てんだいしゅう》の修行は、そのていどだと言われたにひとしいのだ。おぬしに置き換えてみよ。剣術の修行が、子供の棒遊びにさえ及ばぬと後ろ指を指されたのだ。それを認められるか」

「……いいえ」

衛悟は首を振った。

「であろう。覚蟬のおこないは、寛永寺が許すことのできないものなのだ。いや、そんな僧侶がいたというだけでも、名に傷がつく。それならば、どうすればいい」

「いなかったことにすると」

「そうじゃ」

大きく併右衛門が首肯した。

「武家でもあることだろう」

「はい」

言われて衛悟も理解した。

武家ほど家名をたいせつにする者はいなかった。家名を汚されれば、命をもって雪《そそ》ぐ。そんな武家で家名を傷つける者が出たとき、どうするかといえば、いなかったことにしてしまうのである。

一族郎党が協力して、生まれてさえいないことにする。こうして、その消された者が、後々何かしでかしたとしても、影響を受けないようにした。

「衛悟、罠《わな》ぞ」

「わたくしに罠を張ってどうしようと」

衛悟が首をかしげた。

「取りこんで命を奪うつもりなのか、それとも人質として使うのか」

「人質としての価値など、わたくしにはございませぬ」

併右衛門の言葉を衛悟は否定した。

「できたのだ」

重い声を併右衛門が出した。

「衛悟、そなたは奥右筆組頭の娘婿《むすめむこ》ぞ」

「……あっ」

衛悟は息を呑んだ。

「といったところで、奥右筆は不偏不党が是《ぜ》である。どのような状況になろうとも、それを曲げることは許されぬ」

厳しい声で併右衛門が断じた。

奥右筆は、五代将軍綱吉が、執政たちに奪われていた政の権を取り戻すために設置した役目であった。幕政にかかわるすべての書付を取り扱い、奥右筆の筆が入らぬものは老中奉書といえども、効力を発しないと決められていた。身分は低いが、それだけの力を与えられただけに、出処進退には他職以上の規律が求められた。

その最たるものが、不偏不党であった。どのような考えにも賛せず、どの人物にも与《くみ》しない。それが奥右筆の信条である。これを曲げれば、奥右筆の価値は失われる。

一人併右衛門でどうにかできる責ではないほどに、重い決まりであった。

「曲げれば、お役御免《ごめん》どころか、家は潰《つぶ》され、吾《われ》は切腹せねばならぬ。もちろん、そなたもじゃ。となれば残った瑞紀はどうなる。親戚どもとの縁は切った。今さら頼れぬぞ。よいか、瑞紀のためにも、軽挙妄動《けいきょもうどう》は慎《つつし》め」

「はい」

衛悟はうなずくしかなかった。


「来ぬな」

約束の日になっても衛悟の姿はなかった。

「気づかれましたな」

覚蟬が淡々と述べた。

「いや、わからぬ。なにか急用ができたのやも知れぬ。覚蟬、そなた、あの若者の行きそうなところを存じておろう」

深園が問うた。

「いささかは存じておりまするが……」

「ならば、そこらをうろつき、若者と会え。そして寓居《ぐうきょ》へ連れこみ、人質と為せ」

「無茶なことを。この老いた腕で、どうやって、衛悟どのを押さえると」

大きく覚蟬が首を振った。

「情に訴えればいいであろう。足を折るなり、くじくなりすれば、運んでくれよう。

あとは、眠り薬を飲ませればすむ」

あっさりと深園が言った。

「それとも、いきなり江戸城へおどりこむか」

「…………」

覚蟬が沈黙した。

「お山衆の生き残りすべてを、無駄死にさせるのもよかろう。もっとも、そうなれば、誰も二度と寛永寺の命にはしたがうまいがの。下ばかり死なせて、上は危険を避ける。そのような評判がたつぞ。それは、公澄法親王《ほっしんのう》さまのお名前に泥を塗ることだ」

「それは……」

「であろう。貴僧は門跡《もんぜき》さまをお守りするために、破戒僧として放逐《ほうちく》までされたのだからの。その努力を無にするかどうかは、ここにかかっている」

深園が突きつけた。

「……わかった」

ついに覚蟬が肩を落とした。

居を移したとはいえ、衛悟はまだ立花家の婿ではなかった。届けは出ているうえに、老中たちの承認も済んではいるが、まだ式をすませていないので、内々の扱いであった。

「では、出て参りまする」

「お早いお帰りを」

瑞紀に送られて立花家の屋敷を出た衛悟は、剣道場へと向かった。

「柊衛悟どのでござろうか」

屋敷を少し離れたところで、衛悟は声をかけられた。

「いかにもさようでございまするが」

衛悟は足を止めた。

「拙者《せっしゃ》、伊吹散兵衛《いぶきさんひょうえ》と申す者でございまする」

中年の実直そうな藩士が名乗った。

「承った。で、何用でございましょう」

初見の相手である。衛悟は問うた。

「主《あるじ》が是非《ぜひ》お目にかかりたいと申しておりまする」

「ご主君が。どなたでござろうか」

衛悟は首をかしげた。

「松平越中守でございまする」

「越中守さまが」

聞いて衛悟は息を呑んだ。

松平越中守定信は、御三卿《ごさんきょう》田安家の生まれで白河松平家へ養子に入り、筆頭老中を務めた名門中の名門かつ実力者であった。

「よろしゅうございましょうや」

伊吹が訊いた。

すでに老中を退いたとはいえ、幕府への影響力は大きい。さらにかつて立花併右衛門が狙われたとき、守ってもらった過去もある。今は敵対しているとはいえ、無下にはできない相手であった。

「越中守さまが、わたくしに何用でございましょう」

「鷹狩りについてお話をうかがいたいとのことでございまする」

衛悟の問いに伊吹が答えた。

「家人に申しておきたいが、よろしゅうござろうな」

呼びつけられたと報せておくと衛悟は言った。江戸における出城でもある大名屋敷のなかは、よほどのことがない限り、幕府でさえ手は出せない。人知れずなかへ連れこまれてしまえば、謀殺《ぼうさつ》されても文句は言えなかった。

「けっこうでございまする」

伊吹が認めた。

害する気はないとの表れである。衛悟は、一度屋敷へ戻った。

「お忘れものでもございましたか」

瑞紀が首をかしげた。

「お金でございましたら……」

胸元へ手を入れて紙入れを出そうとした瑞紀を、衛悟は止めた。

「違いまする。お金ならば先日いただいたものが、まだ手つかずでございますれば」

「では、どうなされました」

「外に出ますと……」

「さようでございましたか。しかし、よろしゅうございますので」

事情を聞いた瑞紀が、眉《まゆ》をひそめた。瑞紀も併右衛門と松平定信の確執を知っていた。

「大事はないと思いまする。これでわたくしになにかあれば、奥右筆を敵に回すこととなりましょう。かの越中守さまがそのようなまねをなさるとは思えませぬ」

安心するようにと衛悟は述べた。

「お断りはできませぬのでございまするか」

「難しゅうございましょう」

「……お気を付けて」

真剣な眼差《まなざ》しで瑞紀が衛悟を見た。

「はい」

うなずいて衛悟は、ふたたび屋敷を出た。

「お待たせをいたした」

「いえ」

詫びる衛悟に手を振って、伊吹が先導した。

四

麻布《あざぶ》簞笥《たんす》町《まち》から八丁堀《はっちょうぼり》までは、半刻もあれば着いた。

「どうぞ。こちらでお待ちくださいますよう」

あまり大きくない部屋へと、伊吹が衛悟を案内した。

「すぐに主が参りまする」

伊吹が去っていった。

部屋に一人残された衛悟は、下座でしばしの無聊《ぶりよう》を託《かこ》った。

「茶も出ぬか」

衛悟は苦笑した。

出たところで口を付ける気などない。それでも少し松平定信の肚《はら》の底を見た気がした。

「どのくらい待たせるか」

すでに老中でない松平定信は忙しくない。家斉に嫌われて老中を追われた形になっている松平定信へ誼《よしみ》を通じようとする者など、そう多くはない。

「招いておいて待たせるか」

小半刻《こはんとき》（約三十分）しても来ない松平定信へ、衛悟は嘆息した。

「待たせたの」

さらに小半刻経って、衛悟が空腹を覚えたころ、ようやく松平定信が姿を現した。

「少々」

はっきりと衛悟は告げた。

「……そうか」

客を待たせるという無礼を咎《とが》められた形になった松平定信が鼻白んだ。

「ご用件の向きを」

「伊吹から聞いておろう」

うながす衛悟へ、松平定信が返した。

「お鷹狩りの一件のこととうかがいましたが、わたくしは義父の供として参加しただけでございまする。待機していたのも、本陣より二町（約二百十八メートル）ほど離れたところ。上様がどのようにお鷹を扱われたか、存じませぬ」

衛悟が述べた。

「鷹狩りの様子などどうでもよい。上様が襲われたときの話を語れ」

「上様が襲われたなど、なんのことを……」

「とぼけるな。儂は直接上様より聞いたのだ」

松平定信が、衛悟の言葉を遮《さえぎ》った。

「……ならば上様よりお聞かせ願って」

「愚か者め。そのようなこと申しあげられるはずなどなかろうが」

怒声を松平定信があげた。

「儂は幕府の守り手として、起こったすべてを知っておかねばならぬ」

目の色を変えて松平定信が迫った。

「いつ襲撃があった」

「…………」

衛悟は沈黙した。

「言わねば、そなたの周囲に害が及ぶぞ」

「脅《おど》されるおつもりか」

殺気をこめた目で衛悟は、松平定信を睨《にら》んだ。

「脅す……違う。事実となるだけだ」

松平定信が宣した。

「なにがどうなるとは言わぬ。だが、なにかが起こる」

「恥と思われませぬのか。わたくしのような小者に圧をかけて」

衛悟が抗弁した。

「幕府百年のためならば、恥でもなんでもかまわぬわ」

はっきりと松平定信が言い切った。

「やむを得ませぬ。ただ、上様より口外無用と命じられたことでございまする。お忘れなきよう」

「わかっておるわ。さっさと申せ」

松平定信が急《せ》かした。

「では……」

しぶしぶ衛悟は話した。

「待ち伏せしていたのか」

「確実とは申せませぬ。しかし、誰にも気づかれず、本陣へ近づくのは難しゅうございましょう」

衛悟は続けた。

「ふうむ」

聞き終わった松平定信が腕を組んだ。

「あと二人おれば、終わっていたな」

松平定信が的確に判断した。

「一人でも危なかったでございましょう」

その場にいた衛悟には、家斉の命を守れたのはぎりぎりだったとわかっていた。

「戦いというのは、なにがあるかわからぬ。そのための予備は用意しておかねばならぬのだ。といってもそなたのような兵卒にはわかるまい。これは将たる者の仕事ゆえな」

愚か者という目で松平定信が衛悟を見た。

「……はあ」

衛悟は中途半端な返答をした。

戦いどころか、真剣を抜いたことさえなさそうな松平定信に言われても、腑《ふ》に落ちなかった。

「やはり坊主は役に立たぬ」

「えっ」

松平定信の口から漏《も》れた言葉に、衛悟が驚愕した。

「なんでもないわ。もうよい。帰るがいい。伊吹」

大きな声で松平定信が、伊吹を呼んだ。

「送ってやれ」

「はっ。参りましょうか、柊どの」

「越中守さま」

「任せたぞ、伊吹」

発言の意味を問おうとした衛悟を無視して、松平定信が部屋を出て行った。

「お待ちを、越中守さま」

「柊どの」

後を追おうとした衛悟の前に、伊吹が立ちはだかった。

「これ以上は、無礼でございますぞ」

伊吹が制した。

通された客間より奥へ無断で入るのは、たしかに礼儀にかなっていない。

「しかし……」

「客から賊に変わられまするか」

「それは」

衛悟の気迫がしぼんだ。

賊となれば、無事に帰れるかどうかわからないだけでなく、下手すれば目付へ突き出される。そうなれば、立花家は終わりであった。

「……御免」

肩を落として衛悟は八丁堀の白河《しらかわ》松平上屋敷を後にした。

「帰ったか」

居室に戻っていた松平定信が、見送りから戻った伊吹へ確認した。

「はい。しかし、よろしかったのでございますか。気づいたようでございまするが」

伊吹が顔をしかめた。

「わざとじゃ」

松平定信が応えた。

「なんと仰せでございまするか」

「あやつに聞かせれば、奥右筆組頭の耳に入ろう」

家臣へ教えるように松平定信が言った。

「それはそうでございまするが……なんのためでございましょう」

戸惑いの声を伊吹が出した。

「今までいろいろな記録を調べてきた奥右筆じゃ。そのおかげで知らずともよいことを知ったがな。まあ、それはいい。余は、幕政のすべてに精通していなければならぬという気概を逆に利用するのだ。柊から余と先日の僧兵たちがかかわりあると聞かされてみよ、かならず奥右筆は、記録をさかのぼってそのもとを探ろうとするであろう。そうなれば手を取られる。そして、奥右筆はお庭番に見張られておる。お庭番は奥右筆の動きを逐一《ちくいち》上様へ報せる。あの上様じゃ。動かずにはおられまい。かといって執政たちを使うわけにもいかぬ。では、どうやるか」

「お庭番でございまするか」

伊吹が気づいた。

「そうだ。お庭番が動く。お庭番の数は少ない。一人でも上様から離れれば、それだけ手薄になる。そこを伊賀者に襲わせる」

暗い笑いを松平定信が浮かべた。

「しかし、よろしいのでございますか。先日の襲撃と殿がかかわりあると報せても」

懸念を伊吹が口にした。

「大事ない。奥右筆ていどで、儂をどうこうすることなどできぬ。そして、上様はもう知ってござるからの」

「ご存じでも、お庭番を動かしましょうや」

伊吹が尋ねた。

「余と寛永寺の繋《つな》がりを探そうとなさるだろう。どちらが主導であったかは特に確認されたいはずだ。でなければ、安心して法要にさえ出かけられぬからの」

「なるほど。寛永寺が従であったならば……」

「灸《きゅう》を据《す》えるだけで終わらされるはずだ」

松平定信がうなずいた。

「……灸でございまするか」

「うむ。簡単なことよ。己の葬儀は増上寺にと言えばすむ。将軍の葬儀を持っていかれることほど、菩提寺にとっての恥はない。なにより、金が入らぬからの。いかに坊主といえども霞《かすみ》を喰って生きているわけではない。生きていくには金が要る」

「もし、寛永寺が主ならば……」

「潰すわけにはいくまいな。三代将軍家光さまの厚い信仰で作られた寛永寺だ。その代わりに歴代の墓所を取りあげてしまえばいい。墓のなくなった菩提寺などただの空き伽藍《がらん》も同然。なんの力も持たぬ」

「歴代将軍の墓所を取りあげる。できましょうや」

「簡単なことだ。江戸城内の紅葉山《もみじやま》に墓所を作ればいい。そこならば、どこからも文句は出まい。もちろん、増上寺からも墓所を取りあげることになるが、代わりに位牌《いはい》を預ければいい」

「お位牌を」

意味がわからないと伊吹が首を振った。

「紅葉山では、諸大名が参拝できまい。その代わりに位牌のある増上寺へ行く。こうすれば、増上寺は断るまい。歴代すべての位牌を預かれば、月命日だけで、八回もあるのだぞ」

「十回ではございませぬのか」

「知らぬのか。初代家康さまの位牌は、ご遺言で三河岡崎《みかわおかざき》の大樹寺《だいじゅじ》にあり、三代家光《いえみつ》さまと八代吉宗《よしむね》さまは同じ二十日だ。よって八回になる」

あきれた顔で松平定信が教えた。

「しかし、菩提寺にさえ、それだけの罰をお与えになるのでございまする。殿になにもないとは思えませぬ。今からならば、間に合いまする。柊の口封じを」

伊吹が迫った。

「大事ない。上様には、余は殺せぬ。殺せぬだけの理由があるのだ」

低い声で松平定信が告げた。

「なにせ、余から十一代将軍の座を奪ったのだ。余を誅《ちゅう》しようとしてみろ。世間は、上様が将軍位争いの残照だと思うぞ。なにせ、余が鷹狩りの裏にいると知っておるのは、上様と奥右筆だけなのだ。本来ならば八代将軍の孫である余が曾孫《そうそん》である家斉より将軍に近かった。これは、八代将軍吉宗さまを見ればわかる。八代将軍に吉宗さまがつけたのは、神君家康さまの曾孫だったからだ。対して、尾張《おわり》の宗春《むねはる》は曾々孫だった。血の近さが決め手となった。今回はそれを破ったのだ。いわば簒奪《さんだつ》よ。簒奪者が、本来の継承者を殺す。これは、長幼の差を絶対としている徳川の祖法に反する。それこそ、御三家や譜代大名たちが黙っておらぬぞ」

「しかし、将軍になってしまえば……」

「家斉の将軍としての基盤は弱い。大奥へ入り浸《びた》り、女を抱くことしかせぬ将軍に、心服している者などおるまい。御三家筆頭でありながら、将軍になれなかった尾張などは、家斉に傷がつけば、待っていたと騒ぎだす」

「なるほど」

「事実、家斉は、鷹狩りで命を狙った余を罰せられずにおるであろう。ふふふ。家斉にそのような肚《はら》も気概もない」

自信に満ちた顔で松平定信が、笑った。

第四章　女の用人

一

奥右筆《おくゆうひつ》部屋の二階には、幕初から作成されてきた書付《かきつけ》の写しが集められていた。立花併右衛門は、一人で保管されている書付をあさっていた。

「松平越中守《えっちゅうのかみ》と寛永寺《かんえいじ》のかかわりか」

衛悟から松平定信に呼び出された顚末《てんまつ》を聞いた併右衛門は、その根源を探しに来ていた。なにかを見つけられれば、それを使って松平定信を牽制《けんせい》できるかも知れないと併右衛門は考えていた。

すでに老中筆頭を去ったとはいえ、松平定信の影響は幕府に深く残っている。役人の一人や二人の首を飛ばすくらいの力はもっている。

幸い、不偏不党の奥右筆組頭《くみがしら》への手出しは、将軍家斉が禁じているため、併右衛門へ直接なにかをしてくることはないが、衛悟の兄、柊賢悟はその限りではない。

また、今は奥右筆組頭という庇護《ひご》される立場の併右衛門だが、いつ異動を命じられるかわからないのだ。

「此度《こたび》の加増が徒《あだ》になるやもしれぬ」

併右衛門は嘆息した。

衛悟の活躍で二百石加増されたことで、立花家は奥右筆組頭の役高を大きくこえてしまった。それに、加増があれば、その石高に応じた役目へと動くのが慣例である。併右衛門もいつ他職へ転じるかわからなくなった。七百石といえば、足高で千石の役に就くこともできる。それこそ、伊勢山田奉行《いせやまだぶぎょう》や奈良奉行などの遠国《おんごく》奉行への栄転もあり得る。

そして遠国奉行ほど、ややこしい役目もない。

遠国奉行は一人で、その地の治世、治安を維持しなければならないだけではなく、領地の境を接する大名や旗本たちと折衝《せっしょう》もしなければならない。かつて大岡越前守忠相《おおおかえちぜんのかみただすけ》が伊勢山田奉行のおり、紀州藩主《きしゅうはんしゅ》徳川吉宗と係争したように、揉《も》め事はかならずある。大岡越前守は、そのときの対応がよかったおかげで、町奉行に抜擢《ばってき》されたが、稀《まれ》な例なのだ。ほとんどが、経歴に傷を付けられて、左遷あるいはお役御免《ごめん》になる。併右衛門を邪魔だと考えている松平定信にしてみれば、絶好の手段となりえる。

「寛永寺《かんえいじ》の歴史からいくか」

併右衛門は、まず寛永寺から調べた。

寛永寺の創建は、二代将軍秀忠の御世までさかのぼる。徳川家康が死んで六年後の元和《げんな》八年（一六二二）、家康の侍僧として有名な天海和尚《てんかいおしょう》に、上野山の一部が秀忠から寄進された。同時に白銀六万両と、高輪御殿《たかなわ》も与えられた。高輪御殿は、駿河《するが》から家康が江戸へ出てきたときに休息したり、秀忠が送迎のために使用したもので、広壮で華美なものであった。

もっともこれは、まだ寛永寺という形をなしてはおらず、天海和尚の庵《いおり》であった。やがて秀忠の跡を継いで、家光が三代将軍となると、天海和尚の庵を幕府祈願所とするための動きが加速した。

家光は家康の側《そば》にいた天海に深く帰依《きえ》しており、一大伽藍《がらん》を寄進することにした。寛永《かんえい》元年（一六二四）、伽藍の普請《ふしん》が始まった。

一年後の寛永二年、本坊の完成をもって開山とし、寺号を東叡山《とうえいざん》寛永寺とした。もっとも徳川幕府の威信を賭《か》けた普請が一年で終わるはずなどなく、法華《ほっけ》堂《どう》、常行《じょうぎょう》堂《どう》、多宝塔《たほうとう》、東照宮《とうしょうぐう》などは寛永四年に、五重塔《ごじゅうのとう》などは寛永八年に建てられ、根本中堂《こんぽんちゅうどう》ができ、寺域の完成を見たのは、なんと五代将軍綱吉《つなよし》の時代、元禄《げんろく》十一年（一六九八）の九月であった。

寺域三十万五千坪、堂宇《どうう》三十六を数え、寺領一万二千石という天下の祈願寺は、やがて四代将軍家綱《いえつな》の遺体を預かったことで、菩提寺《ぼだいじ》になった。

「うん」

併右衛門は引っかかった。

「たしか寛永寺は、家光さまの願いによって作られたはず。なぜ、家光さまは寛永寺に墓所を定められなかったのか」

三代将軍家光の遺体は、日光東照宮《にっこうとうしょうぐう》の側《そば》、輪王寺《りんのうじ》にある。

「輪王寺の由来はどこにあったかの」

寺社奉行から回された各地の寺社の由来書のなかから輪王寺のものを探し出した。

「これか」

奥右筆の保管庫は、細かく項目分けされたうえ、整理されている。目的のものはすぐに見つかった。

「輪王寺は、幕府が建てたものではないのか」

併右衛門は驚いた。

日光東照宮の隣にあり、三代将軍家光の墓所でもあることから、徳川の創建によるものだとばかり思っていたのだ。

「天平《てんぴょう》の昔から在《あ》るとは」

輪王寺の開山はじつに一千年以上もさかのぼる。下野国《しもつけのくに》の生まれである勝道上人《しょうどうしょうにん》によって、千手《せんじゅ》観音を祀《まつ》るために建てられた一堂が、輪王寺の始まりとされていた。

当初満願寺《まんがんじ》と称し、奥州《おうしゅう》の名刹《めいさつ》として歴史を重ねていたが、豊臣秀吉の小田原《おだわら》征伐において、北条方《ほうじょう》へ味方したことで、寺領を取りあげられ、荒廃した。その満願寺を再興したのが、天海和尚である。家康の遺体を日光に祀るについて、天海はその菩提を弔《とむら》うための寺として満願寺を再興した。やがて、寛永寺が門跡《もんぜき》寺院となり、その貫《かん》首《しゅ》が輪王寺宮《りんのうじのみや》となると、その名を寺号として輪王寺と改めた。

「ここに天海和尚も眠っているのか」

読み進めた併右衛門は、独りごちた。

輪王寺には、天海の墓があった。

「ふうむ」

寛永寺、日光東照宮、輪王寺のかかわりに併右衛門はうなった。

「組頭どの」

階段の下から遠慮がちな声がかかった。

「なんじゃ」

併右衛門が問うた。

「ご老中さまより、奉書《ほうしょ》が参っておりまする」

階段下から配下の奥右筆が述べた。

「今降りる」

併右衛門は、調べを中断して席へ戻った。

「ご無礼を」

隣席の同役加藤仁左衛門に詫《わ》びて、併右衛門は目の前に置かれた老中奉書の下書きを手にした。

老中奉書とは、老中たちが連名で出すものである。政《まつりごと》の周知を命じるものから、将軍への献上物への礼状など多岐にわたった。

「領知《りょうち》朱印状か」

今回の奉書は、領知朱印状に添えられる領知目録であった。

領知朱印状とは大名の代替わりごとに出されるもので、誰々に何万石を与えるという将軍の朱印の入ったものだ。対して領知目録は、どこの国のどの郡であるとか、領地の細かい内容を記してある。これにときの老中たちの連署が入った。

「ご坊主どの、墨を」

「はい」

御殿坊主が、墨を擦《す》りだした。

併右衛門が寛永寺のことを調べだしたとの報告は、すぐに家斉のもとへ届けられた。

「奥右筆ごときにしておくには惜《お》しいの」

家斉が感心した。

「身分さえよければ、執政としたものを」

「いかがいたしましょうや」

お庭番倉地《くらち》文平《ぶんぺい》が、尋《たず》ねた。

「目を離さぬようにしておけ。日光の謎を知るようならば、殺さねばならぬ」

「はっ」

倉地文平が首肯《しゅこう》した。

衛悟は、ようやく大久保典膳《おおくぼてんぜん》のもとへ来ていた。

「昨日は来なかったの」

「失礼をいたしました。途中で人に出会いまして」

頭を下げて衛悟は詫びた。

衛悟は、大久保道場の師範代であった。師範代はその名のとおり、道場で後輩たちの面倒を見なければならなかった。

「……あまりいい話ではなかったようだの」

大久保典膳が、言った。

「おわかりになられまするか」

見抜かれて、衛悟は驚いた。

「これも剣術の応用よ。対峙《たいじ》しているとき、相手の顔色を見るであろう。いつ撃ってくるか、あるいは虚か実かなど、目の色や顔の動きで読むものは多い」

「はい」

「同じことよ。よいことなれば、人は話すとき、頬《ほお》が緩む。悪《あ》しき場合は、目の下の肉が盛りあがる。注意していれば、そのくらいのことは見抜ける」

ていねいに大久保典膳が教えた。

「衛悟も、立花どのの婿《むこ》と決まったのだ。なにかとややこしいことに巻きこまれよう」

「……はい」

衛悟は首肯した。

「なれておらぬまねもせねばなるまい。他人を騙《だま》す、いや、言葉が悪いの。他人を動かすには、嫌なことの一つもしなければならぬ」

「はあ」

「そのようなときは、剣の試合を思い出せ」

「試合をでございまするか」

大久保典膳の言葉に、衛悟が首をかしげた。

「剣の試合ほど、相手の様子をうかがうものはなかろう。真剣勝負だと命がかかっておるのだ。一瞬で虚実を見抜けねば、死ぬだけ」

「虚実……」

衛悟が繰り返した。

剣でいう実とは、必殺を狙った一撃のことだ。対して虚は相手の体勢を崩すか、あるいは隙《すき》を作らせるためのものをいう。実に対して対応しなければ、死ぬだけであり、虚に応じてしまえば、不利になる。なかには、実と見せての虚があったり、虚から実へ変化するものもある。それを的確に見抜かねば、待っているのは敗北である。

まさに、命がけの推測を真剣勝負で剣士たちはおこなっていた。

「さあ、稽古《けいこ》を始めよ。皆が待っているぞ」

「あっ、さようでございました」

あわてて衛悟は木刀を手にした。

師範代は、弟子のなかでもっとも腕の立つものとはかぎらない。人を教えるというのは、剣の腕とは、また別であった。ようやく衛悟は、弟弟子たちを教えるのに慣れ始めていた。

「お願いいたしまする」

まだ入って数年の若い弟子が、最初に挑んできた。

「よかろう」

衛悟は受けた。

剣術の稽古は、まず素振りであった。得物《えもの》の重さ、振ったときの伸び、疾《はや》さなど、身体《からだ》が覚えこむまで繰り返す。

続いて、型であった。型は剣術の創始以来、名人上手と言われた先達たちが、研究を重ねてきたものだ。長年の間に淘汰《とうた》され、役に立つものだけが、現在まで残っている。型を繰り返すことで、流派の動きを身体に刻む。

つぎが、稽古試合であった。素振りと型をどれだけ繰り返しても、それは畳《たたみ》の上の水練でしかない。水があって初めて泳げるかどうかがわかるように、剣術も相手があってこそなのだ。

涼天覚清流《りょうてんかくしんりゅう》では、初心の素振りを終えた者には、木刀や竹刀《しない》を使っての稽古を推奨していた。

「やああ」

稽古では格下から動くのが礼儀である。

弟弟子が、木刀を上段にしてかかってきた。

「浅い」

撃ちこんできた木刀を、衛悟は足送りだけでかわした。

「あっ」

かわされた弟弟子が、木刀で道場の床を打った。

「もっと踏みこめ。木刀の柄で、拙者の額を叩《たた》くつもりで来い」

「はい」

首肯して弟弟子が、迫ってきた。

「えいや」

「おう」

弟弟子が振った木刀を、衛悟は下からすくいあげた。

「あっ」

木刀が弟弟子の手を離れて、飛んだ。

「手の絞りが弱いからぞ。左手の小指に力を入れて持て」

「すみませぬ」

弟弟子が木刀を拾った。

「もう少し素振りを重ねよ」

「はい。ありがとうございました」

一礼して弟弟子が去っていった。

「お願いいたしまする」

「木村《きむら》か」

続いて声をかけてきたのは、道場の席次三位の木村であった。

「あちらでやろうか」

道場の端へと、衛悟は木村を誘った。

上級者の試合は、動きも大きく、回りを巻きこみかねない。

「ここでいいか」

二軒の長屋をつなげて作っただけに、大久保道場は広い。また、無名に近いこともあり、弟子の数も多くはない。道場の半分は、いつも空いているような状況であった。

「来い」

「参ります」

衛悟の誘いに木村が応じた。

木村は涼天覚清流の基本、太刀をまっすぐ立て、天を貫くような構えを取った。

「……………」

無言で木村が、衛悟を睨《にら》みつけた。

「……………」

衛悟も厳しい目つきで木村を捉《とら》えた。

「えいっ」

木村がわずかに前へ出て、気合いを発した。

「おう」

動きを伴わない空《から》気合いであったが、応じなければ気迫で押しこまれる。衛悟は己《おのれ》も気合いを発した。

互いの様子をうかがいつつ、二人は間合いを詰めた。

「……はああっ」

間合いが二間（約三・六メートル）になったところで、木村が大きく踏みこんだ。

「おうやあ」

衛悟も合わせて出た。

甲高《かんだか》い音がして木刀同士がぶつかった。

「くっ」

木村が後ろへ跳んで鍔《つば》迫《ぜ》り合《あ》いを避けた。

「疾い」

二人の試合を見ていた弟子の一人が呆然《ぼうぜん》とつぶやいた。

「見えたか」

大久保典膳が声をかけた。

「少し柊さまのほうが早いように見えましてございまする」

弟子が答えた。

「うむ。よく見たの。一枚腕があがったようじゃの」

満足そうに大久保典膳が笑った。

「目を離すな。衛悟からの」

「はい」

大久保典膳の助言に弟子がうなずいた。

「りゃあああ」

木村が木刀を右袈裟《みぎけさ》に撃った。

「なんの」

一撃を、衛悟は木刀で受けずに、流した。

「くっ」

己の勢いをそらされた木村が、体勢を崩しかけて、踏ん張った。

「やるな」

つけこめなかった衛悟が感心した。

「はあ、はあ」

木村が荒い息をつきながら、もう一度構えを整えた。

「来るか」

衛悟は、木刀を下段に変え、腰を落とした。

「…………」

木刀を上段にした木村が、少しずつ、つま先で道場の床を削るように、前へ出てきた。

木村の顔を衛悟は注視した。

「はっ」

鋭い気合いを木村がぶつけてきた。

「えいっ」

受けながらも衛悟は、木村の頬から目を離さなかった。

「きえええええ」

木村が身体を前へ傾けた。

「…………」

衛悟は無視した。

「ちっ」

小さく舌打ちして木村が、後ろへ重心を戻しかけた。

「えいい」

下がるように見せかけた木村が、一気に出た。

「おう」

腰を落としたまま、衛悟は一歩踏み出し、木刀を振りあげた。

二人の身体がぶつかるほど近づいた。

「これまで」

衛悟の木刀が木村の左首に添えられていた。

「参りました」

木村が降参した。

「わかったか」

「いいえ」

大久保典膳に訊《き》かれた弟子が首を振った。

「であろうな。だが、精進すればわかるようになる。今は教えてやらぬ。まだ知るに早い。下手に使えば、かえってよくない」

「はい」

弟子が納得した。

「よし、午前の稽古はこれで終わる。道場の掃除をして帰れ」

「ありがとうございました」

弟子たちが、大久保典膳へ頭を下げた。

「衛悟、あとで奥へな」

「はい」

大久保典膳に言われた衛悟はうなずいた。

二

師範代といえども弟子には違いない。衛悟も初心者たちと一緒に道場の床を掃除した。

「強くこすれよ」

初心の弟子たちへ、衛悟が助言した。

「ささくれたところを、取っておかないと、稽古で足を怪我《けが》することになるぞ」

「わかりました」

まだ入門して数ヵ月の子供のような弟子が返事した。

「よし。帰っていいぞ」

片付けを終えて、衛悟は弟弟子たちを解放した。

「お待たせをいたしました」

道場の奥、大久保典膳の居室へ衛悟は入った。

「うむ。昼餉《ひるげ》にしようか。飯は朝、飯炊《めした》きのばあさんが炊いたものがある。汁は、今作った」

具のない味噌汁《みそしる》を大久保典膳が用意していた。

「ちょうだいいたしまする」

衛悟は遠慮なく食べた。

剣術遣《つか》いは飯をよく喰《く》う。一回で三合くらいはあっさりと平らげる。まだ若い衛悟だけでなく、壮年の大久保典膳も何度もお代わりを繰り返す。

「馳走《ちそう》になりました」

五杯の飯を漬けものと汁だけで衛悟は片付けた。

「うむ」

大久保典膳も箸《はし》を置いた。

膳を片付けに台所へ行った衛悟を大久保典膳が呼んだ。

「片付けは、明日ばあさんにさせる。いいから座れ」

「では、洗《あら》い桶《おけ》へ漬けておくだけ」

衛悟は洗いものを中止した。

「見えたか」

「はい」

すぐに衛悟は質問の意図をさとった。さきほどの試合で木村の虚実を見ぬいたときのことを大久保典膳も言っていた。

「あれほど目に色が出るとは思いませんでした」

衛悟は未熟を恥じた。

「聖《ちから》は、三年前に気づいたぞ」

大久保典膳が言った。

聖とは、黒田《くろだ》藩《はん》小荷駄《こにだ》支配役《しはいやく》の上田《うえだ》聖のことだ。衛悟とはほとんど同期で大久保道場に入門、三年前に印可《いんか》を受け、師範代を務めていた。

「さようでございましたか」

衛悟は納得した。

かつて衛悟は、試合をしてもほぼ互角であった上田聖が免許をもらっていながら、己に与えられないのを不満に思っていた。

「剣術というのはな、人と人のつきあいでもあるのだ」

白湯《さゆ》を飲みながら大久保典膳が話し始めた。

「つきあい……」

「殺し合うのも人と人のかかわりであろう」

「はあ」

衛悟はあいまいな返答しかできなかった。

「のう、衛悟。初めての相手と対峙したとき、最初になにを思う」

「強いかどうかでございまする」

「だの。剣術遣いは、強さでしか相手を測れぬ。では、一瞬で相手の力を見抜けるか」

「無理でございまする」

ゆっくりと衛悟は首を振った。

「では、なにを基準とする」

「見た目でございましょうか。体軀《たいく》、雰囲気など」

衛悟は答えた。

「そうだ。それしかない。そして、その初対面の印象がはずれていたら……待っているのは死だ」

「……死」

大きく衛悟は息を呑《の》んだ。

「己《おのれ》より弱いと思って斬りかかったら、相手が二枚も三枚も上だった。となれば、失敗の代償《だいしょう》は、己の命となる。これが剣術遣いだ」

「…………」

衛悟はなにも言えなかった。

「一瞬とはいわぬ。だが、数拍の間に、相手の腕を見抜けねば、剣術遣いとして大成はせぬ。その前に死ぬからの」

淡々と大久保典膳が告げた。

「木村の狙いが顔で読めたのだろう」

「はい」

確認されて衛悟は首肯した。

「これで衛悟も剣術遣いだな」

大久保典膳が告げた。

「人の顔色をうかがう。あまりよい意味では使われぬ言葉だ。だが、剣術遣いにとって、なによりたいせつなものだ。また、これほど修練しやすいものはない。会う人の顔を見ていればいいのだからな」

「なるほど」

衛悟は理解した。

「さしずめ、衛悟の場合は、まず嫁の顔色を読むことだな」

一気に重い空気が霧散した。

「はあ」

情けない顔を衛悟はした。

「女の顔色を読めるようになったら、一人前の剣術遣いぞ」

「師はできておられますので」

笑う大久保典膳へ、衛悟が訊いた。

「できておらぬから、儂《わし》は独り身なのだ」

あっさりと大久保典膳が言った。

「まあ、冗談だがの」

「…………」

からかわれた衛悟は肩を落とした。

「さて、衛悟」

不意に大久保典膳が笑いを消した。

「人の顔色を読めるようになった。まだまだ甘いが、それでもあるていどはわかるであろう。それはよいことばかりではない。人の裏を知ることになるからな。笑顔で近づいた者が、その背に短刀を隠している。世間はほとんどそうだ。武士は、相手を蹴《け》落《お》として己が出世したいと願い、商人は人を騙してでも金を儲《もう》けたいと考えている。男を騙して金を巻き上げようとしている女も多い」

「嫌な話でございますな」

衛悟が表情をゆがめた。

「それが世のなかというもので、人の本性なのだ。人は本性を隠すことで、他人とすりあわせをして生きている。しかし、どうしても心というのは、表に出る。目や表情に。汗をかくのもそうだ。気づかない者は幸せだ。表だけ見ていればいいからな。しかし、真実を求めれば、闇を覗《のぞ》かねばならぬ。わかっておろう、剣術遣いの求めるものは、真理だ。どうしても人の心の深淵を見なければならぬ」

厳しい声で大久保典膳が述べた。

「はい」

「避けるな」

「はい」

強く衛悟はうなずいた。

「真剣勝負に卑怯《ひきょう》もなにもない。戦いの後立っていた者が勝者であり、正しいのだ。死人《しびと》はなにも言うことはできない」

大久保典膳が、一度言葉を切った。

「人には守らねばならぬものがある。まず己の命。これだけは将軍であろうが、商人であろうが、同じだ。そのあとは人によって違う。儂ならば、まず流派の看板、儂の剣術遣いとしての名、そして弟子たちだ」

「…………」

黙って衛悟は聞いた。

「衛悟、わかっておるか。そなたはあらたに守るものを増やしたのだ。立花の家名、義父どの、そして妻じゃ。さらにいずれは子供ができよう。そのすべてをそなたは、守らねばならぬ」

「はい」

衛悟は首を縦に振った。

「わかっておるか」

厳しいものへと、大久保典膳が表情を変えた。

「生きていればこそ、守れるのだぞ」

「承知しておりまする」

「ふん。少しはましな顔をするようになったな。聖のやつ、国許で稽古を怠《なま》けておらぬだろうな。江戸へ戻ってきたら、衛悟に及ばぬとなりかねぬぞ」

大久保典膳が笑った。


道場を後にした衛悟は、まっすぐ自邸へと足を向けた。

両国橋《りょうごくばし》の喧噪《けんそう》を左に見ながら、まっすぐ進む。両国橋は、武蔵国《むさしのくに》、下総国《しもうさのくに》をつないだことから、こう呼ばれた。もっとも、貞享《じょうきょう》三年（一六八六）、幕府は、深川本所《ふかがわほんじょ》を武蔵国に併合、今では両国にわたる橋ではなくなっていたが、深川本所が開かれていくことで、通行する人々が増え、橋のたもとには多くの出店があり、江戸でも有数の繁華なところであった。

「万病の妙薬、反魂丹《はんごんたん》。死人も生き返らせるという霊薬じゃあ」

「柘植《つげ》の櫛《くし》。京の小間物、簪《かんざし》、笄《こうがい》」

雑多な売り声が、橋のたもとの喧噪を助長していた。

「山鯨《やまくじら》の味噌煮でござい。精をつけて吉原《よしわら》へいきなされ」

屋台から癖の強い匂《にお》いが漂ってきた。

「獣肉か」

衛悟は顔をしかめた。

薬食いと称して、獣肉を食べる人が増えてきていた。一応、世間体を気にして、猪《いのしし》を山鯨と称してはいるが、女子供からは嫌われていた。

「あれは……」

山鯨の屋台へ集まっている人のなかに、衛悟は見知った後ろ姿を見つけた。

「覚蟬どの」

あわてて衛悟は近づいた。

「……これは、婿《むこ》どのではございませぬか」

振り返った覚蟬が、口にしていた猪の肉を呑《の》みこんだ。

「いかがでござる。なかなかにうまいものでございますよ」

覚蟬が猪肉を勧めた。屋台の上に置かれた鍋のなかで、一口大に切られた茶褐色《ちゃかっしょく》の肉が、煮えていた。

「いえ。昼餉《ひるげ》をすませたばかりで」

衛悟は強く首を振った。

「さようでございまするか。では、しばし、お待ちを」

残った猪肉を、覚蟬が口に運んだ。

「馳走でござった」

代金を置いて、覚蟬が屋台を離れた。

「よろしいので。ご僧侶が獣肉などを口にされて」

「わたくしが殺生《せっしょう》したわけではございませぬからな」

しゃあしゃあと覚蟬が言った。

「御仏は殺生を禁じられておりまするが、肉食については、なにも言われておりませぬ」

「それは」

さすがに詭弁《きべん》だと衛悟は思った。

「お釈迦《しゃか》さまも修行あけに、牛の乳を飲まれました」

覚蟬が述べた。

菩提樹の下で悟りを開くまえの仏陀《ブッダ》は、その修行の過酷さで動くこともできなくなっていた。そこへ現れた娘が、仏陀へ牛乳で煮た粥《かゆ》を与えた。このことで、身体をいじめ抜くのではなく、心身充実した状況での瞑想《めいそう》へと修行の形を変えた仏陀は、ついに悟りを開いた。有名な話である。

「乳はよくて、肉はいかぬ。不条理でございましょう。どちらも獣の血でできておりまする」

「…………」

強弁に衛悟はなにも言えなくなった。

「剣術のお稽古のお帰りで」

「さようでございまする」

話を変えた覚蟬へ、衛悟は首肯した。

「そういえば、どこへお出《い》でだったのでございまするか」

衛悟は訊いた。

「おおっ。お訪ね下さったのでございまするか。それは、申しわけないことをいたしました。いや、知人に誘われて内藤新宿《ないとうしんじゅく》まで足を延ばしましして」

覚蟬が答えた。

「内藤新宿……」

「はい。内藤新宿の商家が、先祖代々の施餓鬼回向《せがきえこう》を盛大におこなうと教えて下さいましてな。乞食《こつじき》坊主にとって、施餓鬼は稼ぎどきでございまする。お布施はいただけるうえに、食いものももらえますのでな」

笑いながら覚蟬が語った。

「さようでございましたか」

衛悟は納得した。

「もっとも施餓鬼は二日で終わりましたが、そのまま残り、少し托鉢《たくはつ》などをいたしまして、ついつい、日を過ごしてしまったと。いや、すまぬことでございました」

覚蟬が詫びた。

「長屋の者には話して参ったのでございますが……」

「わたくしが問うたのは、隣家の男でございました」

尋《たず》ねられて、衛悟は答えた。

「ああ。あの者とは、日頃あまり話をいたしませぬのでな。壁の薄い長屋でございまする。どうしても、隣との間は気まずくなりますのでな。いや、あの男は、しょっちゆう女を長屋へ連れこんでは、昼間から盛ってくれますので、うるさくて。何度か苦情を申し立てはしたのでございますが、かえって派手にやるような輩《やから》で。また、やってくる女も女でございまする。どれもこれもまともな着物の着方もできないような連中ばかりで。胸はおろか、下も見えるような格好で。あれはいけませぬな。見えぬからこそ、人はそこにどのようなものがあるかと想い、気を昂《たか》ぶらせる……」

「か、覚蟬どの」

身振り手振りまでしだした覚蟬を、衛悟は止めた。

「この手のお話は苦手でおられましたな。いやいや、失礼を」

笑いながら覚蟬が頭を下げた。

「さて、筆の稽古でございましたな」

「はい」

「今から来られまするか」

「いや、さすがに今日は」

誘いに衛悟は首を振った。

覚蟬のもとへ行くには遅すぎた。大久保典膳との昼餉を摂《と》ったことでかなりときを喰《く》っていた。夕刻の併右衛門の迎えに間に合わなくなる。

一度それで痛い目を見ていた衛悟は、断った。

「義父《ちち》と相談をいたさねばなりませぬ」

「でございましょうな。では、日時が決まりましたら、長屋までお報《しら》せいただけますか」

覚蟬が理解した。

「そうさせていただきまする。剣の稽古を終えてから向かいますので、昼過ぎになりましょうが」

衛悟は言った。

「けっこうでございまする。することもない願人《がんにん》坊主でござれば、暇はいくらでもございますゆえ」

覚蟬が同意した。

「では、本日はこれで」

浅草の方へと覚蟬が去っていった。

「嫌なものを見るか」

覚蟬の姿が見えなくなったところで、衛悟は頰をゆがめた。

衛悟と別れた覚蟬は、長屋ではなく寛永寺へと途中で向きを変えた。

「戻った」

寒松院《かんしょういん》へ帰った覚蟬を深園が待っていた。

「会えたのか」

「……会えた」

「姿がないようだが」

深園がわざとらしく訊いた。

「さすがにすぐは無理じゃ。後日、儂の長屋へ来る」

「後日とはいつだ」

苦い顔で答えた覚蟬を、深園がさらに問い詰めた。

「わからぬ」

覚蟬が首を振った。

「ふん」

あからさまな嘲笑《ちょうしょう》を深園が浮かべた。

「やれ、役に立たぬにもほどがある。やはり、おまえには、お山衆《やましゅう》の損失の責を取って貰《もら》うしかなさそうだな」

「…………」

「もういい」

反論してこない覚蟬へ、侮蔑《ぶべつ》の目を投げて深園が立ちあがった。

「策は、まだある。松平越中守定信、せっかくの伝手《つて》だ、使わせてもらおう」

「よせ。松平越中守の妄執《もうしゅう》に取りこまれるぞ」

覚蟬が止めた。

「笑わせるな。武家に奪われた政《まつりごと》を取り戻そうとしている我らはどうなのだ」

口をゆがめて深園が笑った。

「幻の十一代将軍の妄執か、六百年をこえる朝廷の妄執か。どちらが相手を飲みこむか。やってみてもおもしろいであろう」

「…………」

そこまで口にされては、もうなにも言えなかった。覚蟬は黙った。

三

家斉から直々《じきじき》に登城停止《ちょうじ》を言われた松平定信は、八丁堀《はっちょうぼり》の屋敷にいた。

「寛永寺の僧侶だと」

来客の訪れを用人から知らされた松平定信が苦い顔をした。

「どの面《つら》で来たというのだ」

「いつものお方ではございませぬ。初めて見るお顔でございまする」

用人が報告した。

「初めて……」

「お断りいたしましょうや」

「……待て」

少し考えて松平定信が用人を止めた。

「通せ」

用人の案内で、深園が松平定信の前へ姿を現した。

「はじめてお目にかかりまする。東寺の法務《ほうむ》代理《だいり》深園と申しまする」

「東寺の」

深園の名乗りに、松平定信が眉《まゆ》をひそめた。

「寛永寺の者ではないのか」

「今は寛永寺の裏を預かっておりまする」

詰問《きつもん》された深園が告げた。

「寛永寺の裏が何用じゃ」

「もう一度お手をお借りいたしたく」

深園が述べた。

「あれだけの失敗をしておきながら、よくも言えたものだ」

松平定信があきれた。

「なればこそでございまする。失策は挽回《ばんかい》せねばなりませぬ。そのためには、前回の轍《てつ》を踏まぬよう、より一層《いっそう》の準備が要りまする。そのお手伝いをお願いいたしたい」

睨《にら》みつけられても気にせず深園が述べた。

「おまえたちの失敗で、上様より放逐《ほうちく》された余に、なにをさせたいと」

「老中奉書を一つお願いしたく」

「……老中奉書だと。おもしろいことを申すな。坊主。余は執政の座を追われた身の上ぞ。嫌みというにはいささか品に欠けよう」

氷の眼差《まなざ》しで松平定信が、深園を見た。

「存じておりまする。わたくしは、越中守さまのお力添えを願いたいと申しあげはしましたが、やってくだされと言った覚えはございませぬ」

表情一つ変えずに深園が返した。

「前に会った坊主よりましなようだ。申せ」

少し表情を和らげて松平定信が促した。

「大奥で……」

深園が説明した。

「ほう。薩摩《さつま》を巻きこんで正室を使ったか。ふむ。大奥で法要となれば、上様も出ぬわけにはいくまいな」

松平定信がうなずいた。

「しかし、よいのか。法要となれば、寛永寺か増上寺《ぞうじょうじ》の僧侶でないと入れぬぞ。増上寺の名前を騙《かた》ることはできようが、すぐにばれよう。となれば、たとえ上様を害せたとしても、寛永寺は潰《つぶ》されるぞ」

「いいえ。潰れませぬ。大奥の面目にかけて、ことを秘してくれましょう。大奥で上様が害されたなどとなれば、春日局《かすがのつぼね》以来続いてきたその歴史が途絶《とだ》えまする。今、大奥にいる女どもはすべて罪となりましょう。だけではございませぬ。大奥にいる上様の子供たちも、その母が反逆の罪を得たとなれば、十二代将軍となる資格を失いまする」

「ふうむ。上様が殺されても、それを隠しとおすか。たしかに大奥で将軍が病死するのは、不思議ではないな。大奥で通夜をし、棺《ひつぎ》に納めてしまえば、他人目《ひとめ》に遺体を晒《さら》すこともない。その上菩提寺も手を組んでいるのだ。葬儀も寛永寺で執り行えば、死体があらためられる心配はないか」

腕を組んで松平定信が思案した。

大名や旗本の当主が死ねば、幕府から検屍《けんし》の目付《めつけ》が出た。もっとも領国で死亡した場合は、検屍もかならずおこなわれるものではない。また、江戸でもよほど怪しい状況でもない限り、検屍は形だけでおわる。

まして、将軍である。奥医師が一度死亡を確認すれば、検屍などされることはない。

「奥医師は、こちらでどうにでもいたしまする」

深園が告げた。

医師というのは朝廷においては法外の官として扱われた。僧侶と同じ位階を与えられ、それによって身分が決まった。低いものから法橋《ほっきょう》、法眼《ほうげん》、法印《ほういん》となり、将軍の奥医師ともなれば法印の地位が与えられていた。

「法印の地位を取りあげると脅《おど》すわけか」

松平定信が悟った。

法印でなくなれば、奥医師を辞さなければならなくなる。将軍の奥医師というのは、天下の名医という意味でもあった。その看板を失えば、当然、患者は減り、薬料も下がる。医業がなりたたなくなる。

「坊主と思えぬほど、やることがむごいの」

「お武家さまのように血を流すことはいたしませぬ」

淡々と深園が言い返した。

「わかった。余は、老中の誰かをそそのかし、大奥での法要をおこなうようにさせればいいのだな」

「お願いいたしまする」

深園が頭を下げた。


「太田備中守《おおたびっちゅうのかみ》の屋敷へ参る」

夕刻、松平定信が八丁堀を出た。

老中になると曲輪《くるわ》内に上屋敷が与えられた。これは、激務である老中の登下城にかかる手間をなくし、少しでも身体を休めるようにとの配慮であった。

執務を終えて屋敷へ戻った太田備中守資愛《すけよし》は、松平定信が待っていることを知らされて驚いた。

「越中守どのが。用件は訊いたか」

太田備中守は江戸家老へ問うた。

「いいえ。お目にかかりたいとだけ仰《おお》せで」

家老も困惑していた。

「客間か」

いかに引退したとはいえ、八代将軍の孫で前《さきの》老中筆頭である。無下に扱える相手ではなかった。

「はい」

「膳の用意を」

そう命じて太田備中守が松平定信のいる客間へと向かった。

「お待たせをいたしました」

太田備中守が詫びた。

「いやいや、お約束もせずに参ったわたくしが悪いのでござる。年寄りは思い立つと我慢できませぬのでな。お許しをいただきたい」

にこやかに松平定信が手を振った。

「お忙しいでございましょう」

「浅才の身、なかなか上様のお役に立てませず」

二人は膳が来るまで世間話をした。

「なにもございませぬが」

「お気遣い感謝いたす」

しばらく膳の上のものを飲み食いするだけの沈黙が続いた。

「さて、そろそろご用件をうかがってもよろしゅうございますか」

盃《さかずき》を置いて太田備中守が姿勢をただした。

「人払いを願えるかの」

松平定信が頼んだ。

「おい」

太田備中守が手を振った。

「かたじけない。さて、備中守どのよ。貴殿は一橋民部卿《みんぶきよう》とつながっておられるな」

「なにを」

直截《ちょくせつ》に言われて、太田備中守が驚愕《きようがく》した。

「取り繕《つくろ》わなくともよい。周知のことじゃ」

口調を松平定信が変えた。松平定信と一橋治済は敵対していた。吾《わ》が子家斉を介して幕政を壟断《ろうだん》しようとした治済と、出生の身分を利用して幕府の頂点に立とうとした松平定信は、あらゆる点で衝突した。当初は崩れた幕政を建て直すため、改革を推進した松平定信が勝《まさ》っていた。しかし、改革の厳しさについていけなくなった大奥と結んだ治済によって、松平定信は老中の地位を追われた。

松平定信が御用部屋を去った直後に、太田備中守は老中へ出世した。これが、松平定信の追い落としの功績に対する褒賞《ほうしょう》だと、少し政をかじったことのある者なら誰でも気づく。

「今さらとがめ立てる気はない」

「ではなにを」

松平定信が首を振った。

太田備中守がふてぶてしい声を出した。

「儂に与《くみ》せよ」

「えっ」

言われて太田備中守が驚愕《きょうがく》した。

「一橋は、もう終わりだ。上様と決別した」

「な、なんの話だ」

太田備中守が、おたついた。

「鷹狩りの顚末《てんまつ》を聞いてはおらぬのか」

「上様が僧兵に襲われたとは知っておるが……」

「ふうう」

あきれた顔で松平定信が太田備中守を見た。

「それでよく執政が務まるな」

「な、なにっ。いくら越中守どのといえども、無礼であろう」

太田備中守が気色ばんだ。

「他の執政どもはどうであろうな」

「あっ」

怒っていた太田備中守が、息を吞んだ。

「真相を知っていて、黙っている……」

太田備中守が顔色を変えた。

「一人、八分にされているのではないか」

「そのようなことはない。御用部屋は一枚岩だ」

必死で太田備中守が抗弁した。

「たしかに、儂を追い出すときは一枚岩だったの。だが、今もそうか。敵があるときは、一つになれるが、牙剝《きばむ》く相手のない今はどうだ」

「……………」

松平定信の言葉に太田備中守が黙った。

「まあいい。そのようなことはどうでもな」

あっさりと松平定信が、話を変えた。

「鷹狩りであったことを教えてやろう」

ゆっくりと松平定信が語った。

「なっ。まちがいないのか」

最後に十一代将軍家斉と一橋治済のやりとりを聞いた太田備中守が絶句した。

「その場におった者から直接聞いた」

松平定信が保証した。

「上様へ表だって刃向かうなど……いかに実父といえども許されぬ」

太田備中守の顔色がなくなった。

「反逆者の走狗《そうく》だったわけだ、備中は」

小さな笑いを松平定信が浮かべた。

「……うっ」

「これで一橋の目はなくなった。ついでに教えておこう。一橋は、お広敷《ひろしき》伊賀者《いがもの》を敵にした。その経緯は話せぬが、伊賀は刺客を送っている」

「げっ」

目を剝いて太田備中守が驚いた。

「まもなく、一橋から当主急病の届けが、御上へ出ることになるはずだ」

治済の命はもうないと松平定信は言った。

「わかったか。備中、そなたが今累卵《るいらん》の危機にあることが」

「……ど、どうすればいい」

謀反人《むほんにん》に与《くみ》していたと知られれば、太田備中守は老中を辞めさせられるだけではすまなかった。よくて減封のうえ、僻地《へきち》へ転封、悪ければ切腹のうえ、改易である。太田備中守が震えたのも当然であった。

「助けてやろう」

「……どうせいと」

政にかかわった者へただで手がさしのべられることはない。太田備中守が見返りがなにかを訊いた。

「老中奉書を一枚作ってくれればいい」

松平定信が告げた。

「どのような内容のものだ」

「大奥での法要を許可するものを」

問われた松平定信が答えた。

「なんだと」

「老中筆頭になりたくはないか」

息を呑む太田備中守へ、松平定信が囁《ささや》いた。

「今、将軍代替わりが起これば、十二代さまは幼い敏次郎さまとなる。当然、後見役が要るであろう。儂が、その後見役をする。そして、備中、おぬしが、老中筆頭をすればいい」

「老中筆頭……」

太田備中守が、松平定信の顔を見た。

「儂は大老にならぬ。将軍家後見役だけでいい。そして、白河《しらかわ》松平は、儂一代で政から身を退く」

「えっ」

唖然《あぜん》とした顔を太田備中守がした。一度手にした権を手放すなど、執政であった者とは思えない言葉であった。

「儂は、権などに興味はない。ただ、中途で断念させられた幕府百年の改革をやり遂げたいだけなのだ」

改革への未練を松平定信が述べた。

「……まことに」

「もうこの歳ぞ。欲のすべてをかなえるより一つに固執してかなえるのが精一杯じゃや」

窺うような太田備中守へ、松平定信が首肯した。

「大奥からの願いを、お広敷用人《ようにん》へ持たせる」

「奥右筆は……」

幕府の書付は、すべて奥右筆の筆を経る。

「前例がないと一度断られたそうだ。そこで、奥右筆を飛びこえる」

「それこそ前例がございませぬぞ」

「表右筆にさせる」

松平定信が言った。

「法要は、将軍家の私《わたくし》である。となれば、あつかいは表右筆になろう」

「ならば、老中奉書など要りますまい」

いつのまにか太田備中守の口調がていねいなものへと戻っていた。

「大奥から老中へ出た願いだという形をとることで、表右筆どもの反対を潰《つぶ》す」

「なるほど」

太田備中守が納得した。

表右筆は幕初からあった役目であった。当初は、政と将軍の私の書付両方を扱っていたが、それを五代将軍が分離し、奥右筆が誕生した。その成立の理由から、奥右筆は将軍の庇護を受けたが、表右筆はそのまま放置されていた。

「どうする。やらぬのならば、別の者へ話を持ちかけるだけだ。そのときは、そなたは執政の座から追われると覚悟してもらおう。それくらいの力、儂にはある」

「…………」

しばし太田備中守が沈思した。

「どうやら縁はなかったようだの」

松平定信が立ちあがった。

「ま、待たれよ」

あわてて太田備中守が止めた。

「すばやい決断のできぬ者に、執政は無理である」

感情のない声で、松平定信が吐《は》き捨てた。

「お味方つかまつる」

すがるように太田備中守が言った。

「けっこうだ」

松平定信が小さく笑った。

「伊賀者はどうなさるおつもりか。大奥の警衛は伊賀者の任。大奥へ入った坊主どもの見張りはいたしましょうぞ」

太田備中守が危惧《きぐ》した。

「手はうってある。伊賀は、大奥を守るどころではないはずだ」

笑いを消した松平定信が、述べた。

「ま、まさか、一橋を襲わせているのは……」

「…………」

息を呑む太田備中守へ、松平定信が感情のない目を向けた。

四

大奥で法要をという願いを突き返された正室付きの年寄初島《としよりはつしま》が憤《いきどお》った。

「御台所さまの願いを門前払いにするとは、不遜《ふそん》にもほどがある」

初島が立ちあがった。

先日、寛永寺の代参として出向いた初島は、深園との打ち合わせをすませていた。

「誰ぞ、表へ使いをなせ。お広敷用人に初島が会いに行くとな」

「は、はい」

急いで使い番の女中が走った。

「初島さまが」

お広敷用人水原市之亮《みずはらいちのすけ》はあわてた。大奥の年寄は、表でいう若年寄にあたる。老中たちとも対等に話のできるだけの格と見識を持っていた。お広敷用人ていどの首なら、一睨《ひとにら》みで飛ばせた。

「下《した》の御錠口《ごじょうぐち》開きまする」

お広敷伊賀者組頭藤林喜右衛門が叫んだ。

「た、ただちに参る」

お広敷用人の控え所の隣、伊賀者詰め所には、大奥との通路である下の御錠口があった。小走りで水原市之亮が、伊賀者詰め所へと入った。

「初島さま、お通りになられまする」

大奥女中が告げた。

男子禁制、終生奉公の大奥であるが、お広敷までならば、問題にはされなかった。

「水原」

「はっ」

呼び捨てられて、水原が平伏した。

「法要の願い、出してくれたのであろうの」

冷たい声で初島が問うた。

「お、奥右筆部屋に申しましたところ、前例がないと」

水原が責任を奥右筆に押しつけた。

「御台所さまのお考えを、たかが奥右筆ごときに否定されて、おめおめと帰ってくる。それでお広敷用人が務まるとでも」

初島は水原の逃げを許さなかった。

「…………」

水原は沈黙した。

「前例がないならば、作ればいい。そうであろう」

「仰せのとおりではございまするが……」

もと奥右筆組頭であっただけに、水原も前例をなによりと考えていた。

「ほう。前例なきものは、認められぬと。そなたもそう思っておるのだな。おもしろい」

すっと初島の目が細められた。

「えっ」

「ならば訊く。神君家康さまが東照大権現《とうしょうだいごんげん》となられたのに前例はあったのか」

「……それは」

「八代将軍吉宗さまが、御三家より本家を継がれた。これも前例があったのだろうな」

初島が次々攻めた。

「おそれいりました」

それ以外の言葉は使えなかった。否定は、将軍への反逆となりかねない。

「奥右筆ではなく、老中へ申せ」

「しかし、手順……いえ。承知いたしましてございまする」

水原は平伏した。

「では、この書付を老中太田備中守どのへ届けよ」

後ろに控えていた大奥女中から、初島が文箱《ふばこ》を受け取った。

「太田備中守さまへ」

お広敷用人である己をとおさない初島の行動に、水原が眉《まゆ》をひそめた。

「話はしてある」

気にもせず、初島が文箱を突き出した。

「御台《みだい》さまのお名前つきじゃ。粗相《そそう》するな」

「はっ」

念を押す初島へ、水原は首を縦に振った。

「任せたぞ」

言い残して、初島が下の御錠口を通って、大奥へ帰っていった。

「加藤め。えらいめにあったではないか」

初島に散々罵《さんざんののし》られた水原は、先日この話を前例がないと断った奥右筆組頭加藤仁左衛門への恨《うら》みをつぶやいた。

「まあいい。奥右筆をつうじないというのは前例のないことだが、ご老中さまの了承ずみというならば、問題はあるまい。かえってかかわらなかったのが吉やもな」

責任は老中太田備中守にある、水原はほっとしていた。

広敷から老中の執務室である上の御用部屋までは、中奥を通らなければならず、少し離れていた。

城内は、走ることが許されていなかった。もっとも医師と御殿坊主《ごてんぼうず》だけは、別であった。

水原は、奥右筆部屋を避けるように、大回りしながら御用部屋を目指した。

御用部屋と奥右筆部屋は近い。忙しい奥右筆が、外に出ていることはまずないが、もと奥右筆組頭だけに、水原の顔は知られている。己の古巣を騙すようなまねをしている水原である。身を小さくして早足になるのも仕方ないことであった。

「太田備中守さまに、お目通りを願う。お広敷用人水原市之亮でござる」

御用部屋の前で控えている御用部屋坊主に、水原は取次を頼んだ。

老中たちの執務室である御用部屋は、立ち入りを禁止されていた。なかに入れるのは、老中とその雑用をこなす御用部屋坊主、筆写を担当する奥右筆だけである。

「これを」

水原は腰に差していた白扇《はくせん》に署名を入れて、御用部屋坊主に渡した。

「ごていねいに。しばし、お待ちを」

御用部屋坊主が、すばやく白扇を懐《ふところ》にして、なかへ入っていった。

白扇は紙入れをもたない城中での金代わりであった。家柄や役職に応じて、白扇一本の値段が決まっており、後日屋敷へ持っていって金に換えてもらった。

城中での雑用いっさいを担う御殿坊主たちの反感を買うのは、よくなかった。何十万石の大名であろうが、御三家であろうが、御殿坊主に頼まなければ、茶の一つも飲めないのだ。下手すれば厠《かわや》さえ遣えない。大名も役人も、御殿坊主に金やものをやって、その機嫌を取り結んだ。

かつて奥右筆組頭だったときは、滅多《めった》に白扇を使うことはなかった。御用部屋坊主を含めた御殿坊主が、どれだけ城中で隠然たる力を持っていたとしても、家督相続の許可を握っている奥右筆には逆らえなかった。奥右筆が、家督の書付を扱わずに放置しておけば、家を継ぐことはできないのだ。

しかし、奥右筆組頭でなくなった途端、その神通力は消え失せる。いや、奥右筆であったころの反発を喰《く》らって、痛い目に遭《あ》わされることもあった。

お広敷用人となった水原は、なにか頼むたびに、白扇を渡して御殿坊主たちを懐柔《かいじゅう》してきた。

「ふうう」

大奥と御殿坊主、江戸城でややこしい筆頭格二つを相手にしなければならなくなった水原は、大きくため息をついた。

「所用を終えられてから来られるとのことでございまする」

そこへ御用部屋坊主が戻ってきた。

「かたじけない」

一礼して水原は、御用部屋前を離れ、入り側という畳《たたみ》廊下の隅に座った。

一刻ほどして、ようやく太田備中守が御用部屋を出てきた。

「そなたが、水原か」

あわてて立ちあがった水原に気づいた太田備中守が問うた。

「お広敷用人水原市之亮にございまする」

「出せ」

名乗りもまともに聞かず、太田備中守が要求した。

「は、はい」

手にしていた文箱を水原は差し出した。

「御台さま付き年寄初島どのより、備中守さまへの……」

「わかっておる」

説明しようとした水原を遮《さえぎ》って、太田備中守が文箱を奪うように取りあげた。

「もうよい」

言い捨てて、太田備中守が背を向けた。

「……………」

使いの小僧同然の扱いに水原は、太田備中守が御用部屋へ消えていくのを呆然と見おくった。


御用部屋は外から覗かれることのないよう、窓は設けられていなかった。朝から、多くの燭台《しょくだい》が灯《とも》され、閉め切った部屋のなかは暑い。

「ご一同、よろしいかの」

一度部屋のなかを見渡した太田備中守が声をかけた。

「どうかなされたのか」

他の老中たちが注目した。

「こちらまでお願いいたす」

太田備中守が言った。

御用部屋の中央には、年中炭の入れられた大きな火鉢《ひばち》が置かれていた。老中たちは、なにか相談事があるとここへ集まった。

「なんじゃの」

やっていた仕事をおいて、老中たちが火鉢の側《そば》に寄った。

「まずは、これをお読みいただきたい」

文箱のなかから書付を取り出して、太田備中守は年長の松平伊豆守信明《いずのかみのぶあきら》へ手渡した。

「ふむ」

声を出さずに読むのが決まりである。読み終えて小さく唸《うな》った松平伊豆守が、右隣にいた戸田《とだ》采女正氏教《うねめのしょううじのり》へ回した。

「…………」

書付がすべての老中の手をとおり、太田備中守の下へと戻った。

「いかがでござろうか」

太田備中守が問うた。

「…………」

松平伊豆守が無言で、火鉢に刺されていた火箸《ひばし》を取ると、灰の上に「前例」と書いた。

御用部屋には御用部屋坊主と奥右筆が二人配されている。その者たちにも報せないための手法であった。また、夏でも炭が燃やされているのは、秘密裏に処理する書付などを燃やすためであり、火鉢は密談に欠かせなかった。

火箸を松平伊豆守から受け取った太田備中守は「御台さま」と記した。

「難しいの」

戸田采女正が嘆息した。

松平伊豆守が、もう一度火箸で「奥右筆」と書いた。

「…………」

その上へ、太田備中守が火箸でばつを刻んだ。一同の目が確認したのを待ってから、「表右筆」と書いた。

「なるほどの」

声を出して松平伊豆守が納得した。

「それならば、問題になることもないな」

ほっと戸田采女正がうなずいた。

「しかし、それならば……」

そこまで言った松平伊豆守が、灰の上に「広敷」と記し、続けた。

「……の裁量ですませなかったのか」

松平伊豆守が首をかしげた。

太田備中守が、灰の上に「男」と書いた。

「が入りますからの」

「当然だの……」

戸田采女正が「絵島《えじま》」と灰の上に名前を刻んだ。

「のこともある」

絵島とは、代参の帰り、芝居役者の生島《いくしま》と密会した大奥年寄である。七代将軍の大奥を大きく揺るがした大事件であった。

「万一の綱か、我らは」

苦笑を松平伊豆守が浮かべた。

「わからぬでもございませぬな」

笑いながら戸田采女正も同意した。

「まあ、よろしかろう」

松平伊豆守が立ちあがった。

「でござるな」

戸田采女正も自席へと戻っていった。

「では、表右筆を呼びまする」

「お任せいたそう」

太田備中守の言葉に、一同がうなずいた。

「表右筆……我らではなく」

控えていた御用部屋付きの奥右筆が顔を見合わせた。

老中の呼びだしを受けた表右筆は、すぐに御用部屋前に来た。太田備中守がふたたび、御用部屋を出て行った。

「組頭さまにお報せせねばならぬが……」

「我らはここを離れられぬ」

奥右筆二人は苦い顔をした。

一刻ほどで、右筆部屋から奉書が持ちこまれた。

「…………」

松平伊豆守を筆頭に老中たちが名前を入れ、花押《かおう》を記した。これで老中奉書は完成した。

「上様へは」

「ご正室さまが、直接なされるとのこと」

太田備中守が答えた。

「ならば、我らからご報告申しあげることもなかろう」

確認した松平伊豆守が、うなずいた。

その夜、大奥へ入った家斉は、御台所の局《つぼね》を訪れた。大奥は、江戸城のなかにあるが、その主《あるじ》は将軍ではなく、御台所である。側室に伽《とぎ》を命じた夜でも、将軍は御台所のもとへ顔を出さなければならなかった。将軍の側室とはいえ、大奥の奉公人でしかない。つまり、御台所の家臣なのだ。御台所が許さなければ、将軍の望みでも側室は閨《ねや》へ侍《はべ》ることができなかった。

「ようこそのお出でございまする」

御台所茂姫が、家斉を迎えた。

「健勝そうじゃの」

家斉は茂姫の対面に腰を下ろした。

茂姫は島津から嫁に来た。といっても家斉とは、幼児のころからの馴染《なじ》みである。ほとんど生まれてすぐ、婚約を交わした二人は、早くから神田館《かんだやかた》で同居していた。なにもなければ、数年後には婚姻《こんいん》となるはずだった。それに待ったがかかった。家斉が将軍の世継ぎとなったからであった。将軍の世継ぎの正室に外様の娘を迎えるわけにはいかないと、二人の仲は裂かれかけた。それを救ったのが近衛家であった。島津家と縁の深かった近衛家の養女とすることで、反発を抑え、茂姫は無事家斉のもとへ嫁いだ。

兄妹に近かった二人は、成長して男女の関係となったが、共に過ごした歴史の長さは格別であった。歴代の将軍夫婦のなかで、もっとも二人は仲がよかった。

「この度《たび》は、わたくしのわがままをお聞きくださったそうで、かたじけのう存じまする」

「はて、なんのことじゃ」

なにも聞かされていなかった家斉が首をかしげた。

「まだお耳に入っておりませぬか。じつは本日……」

茂姫が法要の願いを語った。

「そうだったのか。老中どもめ。説明を茂にさせたな」

事情をさとった家斉が苦笑した。

「よいとも。茂が願うことは、躬《み》がかなえる。そう、子供のころに誓ったからの」

家斉が言った。

「はい。うれしゅうございました」

住み慣れた薩摩から江戸へわけのわからないまま移されて、家斉を夫にせよといきなり言われた三歳の茂姫は、毎日泣き暮らしていた。その茂姫を家斉が慰めたのだ。

「上様」

茂姫が潤《うる》んだ目で家斉を見つめた。

「今宵《こよい》は、茂と閨をともにいたしたい。よいか」

家斉が、閨の相手を変えた。

「はい。皆の者、用意をいたせ」

嬉《うれ》しそうに、茂姫が命じた。

第五章　影たちの戦い

一

大奥で歴代将軍家法要が、二十日におこなわれるとの触れが出された。

「妥当な日にちでござるな」

奥右筆組頭《おくゆうひっくみがしら》加藤仁左衛門が苦笑した。

「三代将軍家光さまと八代将軍吉宗さまの月命日でございますからな」

立花併右衛門も笑った。

徳川将軍歴代の命日で、日だけでも重なっているのが、この二人しかなかった。また徳川でもっとも重要な初代神君家康公の命日は四月十七日で、すでに過ぎていた。

「これを前例として、次からは祥月命日《しょうつき》ごとにでもおこなうおつもりなのでございましょうな」

加藤仁左衛門が言った。

「一度でもおこなってしまえば、あとは慣例と言えますからな」

併右衛門も同意した。

「次は歴代御台所《みだいどころ》さまの法要、と言い出しそうでござるな」

「それはございますまい。家康さまの御台所さま、築山《つきやま》さまの扱いに困りますからな」

「たしかに」

首を振る併右衛門に、加藤仁左衛門が首肯《しゆこう》した。

徳川家康最初の妻、今川義元《いまがわよしもと》の養女築山どのは、甲州武田家《こうしゆうたけだけ》との内通を疑われて、家康の命《めい》によって誅《ちゆう》されていた。直接手を下したわけではないが、神君が殺したに等しい妻の法要を大奥でするわけにはいかなかった。

「まあ、どうなろうと、我らの知るところではございませぬでな」

「さよう、さよう」

二人は顔を見合わせた。

大奥からの願いを許した老中奉書《ろうじゆうほうしよ》の作成に奥右筆部屋はかかわっていなかった。あの日、御用部屋に詰めていた奥右筆から、次第を聞かされた併右衛門と加藤仁左衛門は、相談のうえ、知らぬ顔をすることに決めた。

幕政すべてにかかわる奥右筆をわざとはずしたのだ。大奥の法要は、幕府としての公式な行事ではなく、御台所が私《わたくし》でおこなうものと奥右筆部屋は位置づけた。

「さて見物でございますな」

加藤仁左衛門が、小さく笑った。

「幕府の公式な行事ではございませぬのでな。あとで費用の弁済を求められても、支払いのしようがありませぬ」

併右衛門も唇《くちびる》の端をゆがめた。

徳川家と幕府は一体である。将軍の私の金は、幕府の勘定《かんじょう》から出された。

しかし、大奥は別であった。

大奥は、御台所が主《あるじ》であって、将軍ではなかった。したがって、大奥の費《つい》えは、あらかじめ定められている予算のなかで執りおこなわれるのが決まりであった。もっとも将軍の姫の紐解《ひもと》きや髪置《かみお》きなど、成長の儀式の掛かりは、幕府が出した。もちろん、これらはおこなわれる前に、奥右筆部屋を通じた費用概算の要求が勘定方《かんじょうがた》へと出される。だが今回の法要は勘定方に通知がいっていないのだ。すんなりと支払われることはない。大奥と勘定方の争いを奥右筆は、笑って見ていられるのだ。

「さて、では、また少し調べものへ」

「ごゆっくりどうぞ」

同役に見送られて併右衛門は二階の保管庫へとあがった。

「日光東照宮《にっこうとうしょうぐう》、寛永寺《かんえいじ》と輪王寺《りんのうじ》の成立はわかった。しかし、松平越中守《えっちゅうのかみ》とのかかわりは見えぬ。越中守の所領白河《しらかわ》は、日光街道とは離れておる。参勤交代でも通過しない」

いくら調べても寛永寺と松平定信のかかわりは見えてこなかった。

「待て……田安《たやす》家の葬地はどこだ」

併右衛門は、田安家の家譜を出した。

「田安家ではないが、八代将軍吉宗さまは、寛永寺。田安初代の宗武《むねたけ》どのも寛永寺の凌雲院《りょううんいん》、二代治察《はるさと》どのも凌雲院……寛永寺ばかりではないか」

ここに併右衛門は松平定信と寛永寺のかかわりを見つけた。

「となれば、越中守の言葉は真実。鷹狩りで襲い来た坊主どもは、寛永寺のものか」

併右衛門は独りごちた。

「寛永寺は比叡山《ひえいざん》を本山とする天台宗《てんだいしゅう》だ。かつて比叡山は僧兵を擁《よう》し、天皇が嘆くほどの力を持っていた」

かつて白河《しらかわ》法皇が、天下の三不如意《ふにょい》として、賀茂川《かもがわ》の水、双六《すごろく》の賽《さい》、山法師《やまほうし》と挙げて嘆いたほど、比叡山の僧兵は強かった。

「その流れが寛永寺にあってもおかしくはない」

もう一度併右衛門は寛永寺の所縁《しょえん》を読み直した。

「それに寛永寺は日光山へ護持の僧を出している」

併右衛門が声をあげた。

「霊山である日光山の祀《まつ》りと東照宮の警固《けいご》……まさに僧兵ではないか」

大きく併右衛門が息を呑《の》んだ。

「どういうことだ。先日の鷹狩りはあきらかに上様を狙っていた。越中守と寛永寺が組んだとして、上様を狙う理由はなんだ」

併右衛門は思案した。

「たしかに越中守は、一度十一代将軍になりかけた。それを田沼主殿頭《とのものかみ》どのと一橋治済卿《きょう》によって阻まれた。この二人を恨《うら》むならまだわかる。しかし、田沼主殿頭はすでに亡く、先日の襲撃では一橋卿へ、僧兵は向かっていなかった」

その場にいたのだ。併右衛門は治済が蚊帳《かや》の外に近い状態であるのを見ていた。

「老中首座を追われた恨みだというのか。いや、それならば一橋卿を放置するはずはない」

松平定信に解任を言い渡したのは家斉である。だが、その原因を作ったのは、治済と大奥であった。

「上様を害し奉《たてまつ》って、越中守になんの利がある」

一人保管庫で併右衛門は悩んだ。

「立花どの、そろそろ昼餉《ひるげ》を」

加藤仁左衛門が階段を上がって来た。

「……おう。もう、そんな刻限でござるか」

「拙者《せっしゃ》は先にすまさせていただいた」

「いや、申しわけない。すっかり仕事をお願いしてしまった」

併右衛門は詫《わ》びた。

「お気になさらず。幸い、本日はさして用件もございませなんだでな」

笑いながら加藤仁左衛門が手を振った。

「よほどお悩みなのでござるな」

下に聞こえぬよう、加藤仁左衛門が声を潜《ひそ》めた。

「少々……そうだ」

立ち上がりかけた併右衛門は、もう一度腰を下ろした。

「加藤どの。お訊《き》きしてよろしいか」

「わたくしでわかることでござれば」

加藤仁左衛門も座った。

「鷹狩りで上様が襲われました」

「はい」

確認されて加藤仁左衛門が、うなずいた。

「なぜだと思われまする」

「ふむ」

併右衛門の問いかけに加藤仁左衛門が腕を組んだ。

「十二代将軍の座を狙おうにも、上様にはすでに直系の男子が何人もおられまする。たとえば、御三家や、御三卿《ごさんきょう》の方々が、将軍になろうとして策謀されたとしても、意味はございませぬな」

加藤仁左衛門が述べた。

「でござろう。なれど、上様は僧兵によって命を狙われた」

「僧兵の所属でございますな。問題は」

「これを……」

手にしていたお山衆《やましゅう》の書付《かきつけ》を、併右衛門は加藤仁左衛門へ渡した。

「……これは」

読んだ加藤仁左衛門が驚愕《きょうがく》した。

「証拠はござらぬが、僧兵を今も抱えているのは、江戸ではおそらく寛永寺だけ」

「将軍家菩提寺《ぼだいじ》でございますぞ」

加藤仁左衛門が首を振った。

「いかに宮門跡《みやもんぜき》とはいえ、将軍を害して、無事ですむはずはございませぬ」

「倒幕の烽火《ほうか》」

声を潜めて併右衛門は言った。

「馬鹿な。どこの大名が、寛永寺に与《くみ》すると。それだけの気概と金を持つ外様《とざま》などありますまい」

「外様ではございますまい。薩摩《さつま》、加賀《かが》、仙台、江戸へ兵をおくるのに、どれだけの手間がかかりましょう。また、江戸には腑《ふ》抜《ぬ》けたとはいえ、数万以上の旗本がおりまする。とても江戸城は落とせませぬ」

併右衛門が否定した。

「では、誰が」

「少なくとも旗本を従えられる者」

「旗本を従えられる……それは」

さっと加藤仁左衛門の顔色が変わった。

「ただ、それがどなたかわかりませぬ」

さすがに併右衛門も松平定信のことは隠した。

「ううむ」

加藤仁左衛門が唸《うな》った。

「といったところで、奥右筆が考えても意味のないことでございますが。どれ、昼餉に行かせていただきましょうか」

これ以上かかわらせるわけにもいかないと、併右衛門は腰をあげた。

「ま、待たれよ。立花どの」

「どうかなされたか」

足を止めた併右衛門が、加藤仁左衛門の顔色が蒼白《そうはく》になっているのに気づいた。

「大奥での法要は、どちらの寺でござった」

「聞いておりませぬが」

奥右筆をわざと排除したやり方に反発した併右衛門も加藤仁左衛門も、大奥での法要を無視してきた。噂は耳にしても、こちらから詳細は求めていなかった。

「家光さまと吉宗さまは……」

「輪王寺と寛永寺」

加藤仁左衛門に最後まで言わさず、併右衛門が答えた。

「まさか……」

小さく加藤仁左衛門が震えた。

「大奥では、上様を守る者がおりませぬぞ」

併右衛門も呼吸が荒くなった。

「お報《しら》せを」

「……誰に」

駆け出しそうな加藤仁左衛門を併右衛門が止めた。

「お目付《めつけ》どのへ」

「どのように訴えられるおつもりでござるのか。まさか、寛永寺の僧侶が、法要を理由に上様のお命を狙うとでも」

「あっ……」

加藤仁左衛門が気づいた。

「いくら鷹狩りの一件があったとはいえ、将軍家菩提寺の僧侶が刺客になるなど、誰も信じませぬ。しかも、今回は、御台所さまのお願いでござる。もし、そうなれば、上様のお命をお縮めする罠《わな》に御台所さまも加わっておられることになりまする」

「……ううむう」

浮かした腰を加藤仁左衛門が下ろした。

「黙って見ているしかないと」

「そうは申しておりませぬ」

併右衛門は首を振った。

「上様が代替わりされるのは、我らにとってつごうが悪すぎまする」

「………」

無言で加藤仁左衛門も同意した。

奥右筆は、将軍が老中に奪われた政《まつりごと》の実権を取り戻すために設けられた役職であった。その経緯から、老中ではなく、若年寄《わかどしより》の支配を受けた。本来役目のかかわりの深さから老中支配でなければおかしいのを、わざとそうしたのだ。そのうえ、老中奉書でさえ、拒むだけの権を与えられている。当然のように執政との仲はよくない。ただ、将軍の庇護《ひご》があるので、手出しされないだけである。

その奥右筆の恐怖は、将軍代替わりであった。とくに将軍が幼く、自ら政をおこなえないときが問題であった。将軍の意思がないに等しいのを、後見役あるいは、執政衆が見逃すはずなどなかった。好機とばかりに奥右筆を入れ替え、己《おのれ》たちの意のままになる者を送りこもうとする。余得の多い奥右筆になりたい旗本は多い。奥右筆になれるなら、不偏不党の誓いなど、反故《ほご》にするくらいはしかねない。そして、一度、崩れれば、奥右筆の権威は地に落ちる。

幼君が青年となり、政を手ずからされようとしたときには、もう遅いのだ。奥右筆は御用部屋の走狗《そうく》になりはてて、将軍から見捨てられてしまう。

「少なくとも敏次郎さまが、元服なされるまでは上様に生きていただければ」

加藤仁左衛門が述べた。

「不敬ではござるが、そのとおりでありますな」

十二代将軍となる嫡男が成人すれば、家斉は不要と言ったに近い。

「どうすればよろしいかの」

困惑の表情で、加藤仁左衛門が尋《たず》ねた。

「お任せいただけまするか」

併右衛門が加藤仁左衛門を見た。

「なにか手立てがござるのか」

「うまくいくかどうかはわかりませぬが」

「よしなにお願いいたしまする」

加藤仁左衛門が、一礼した。

二

昼餉も摂《と》らずに、併右衛門は城中を奥へと向かった。

「水原さまはおられまするか」

併右衛門は、お広敷用人《ひろしきようにん》の名前を出した。

「誰じゃ」

水原市之亮が顔を出した。

「奥右筆組頭立花併右衛門でございまする」

お広敷用人が格上になる、併右衛門はていねいに名乗った。

「奥右筆が何用じゃ。法要のことならば、表右筆ぞ」

「法要のことではございませぬ。表右筆の扱いは、我らの与《あずか》り知らぬものでございまする」

併右衛門は首を振った。

「では、なにしに来た」

「お広敷伊賀者《いがもの》組頭に、問い合わせたいことがございますれば」

「伊賀者に……」

怪訝《けげん》な顔を水原が見せた。

「そうか。おぬし、謹慎させられた奥右筆組頭か」

水原が気づいた。

少し前、併右衛門はお広敷伊賀者と対峙《たいじ》して、罠《わな》にはめられた。衛悟の入れぬ城中での罠は、併右衛門を切腹寸前まで追いこんだが、奥右筆の知識を最大に利用して、かろうじて逃れていた。その後、伊賀者による襲撃もあったが、徒目付《かち》とお庭番《にわばん》の活躍で、それも併右衛門はかわしていた。

「わかった。行け。さすがに、お広敷でなにかするほど、伊賀者も愚かではなかろう。藤林ならば、隣の伊賀者詰め所におるはずじゃ」

あっさりと水原が許した。

「かたじけのうございまする」

「念を押すまでもなかろうが、ここで揉《も》め事を起こしてくれるなよ」

礼を言う併右衛門へ、水原が注意をした。

「もちろんでございまする」

併右衛門は保証した。

「邪魔をする」

「……どうぞ」

許可を待って、併右衛門は伊賀者詰め所へ入った。

「奥右筆組頭立花併右衛門である」

「お広敷伊賀者組頭藤林でございまする」

背筋を伸ばしたまま名乗った併右衛門に対し、藤林は深く腰を曲げて挨拶《あいさつ》を返した。

「どうぞ、奥へ」

藤林が併右衛門に上座を勧めた。

同じ組頭でもお目見えのできる旗本と、できない御家人には大きな差があった。

「奥右筆組頭さまが、わたくしに御用とは」

早速《さっそく》藤林が問うた。

「貸しを返してもらおうか。いいや、新たな貸しになるか」

「……わけのわからぬことを仰《おお》せになられても」

藤林が困惑した。

「無駄にときをかけている暇はない。それとも伊賀者も組んでいるのか。越中守どのと」

「…………」

命を狙った相手から浴びせられて、藤林が沈黙した。

「そうか」

併右衛門は嘆息した。

「伊賀も一枚嚙《か》んでいたのか。大奥で上様が死んで、伊賀が無事だと思っておるならば、めでたいとしか言いようがないわ」

立ちあがって併右衛門は、藤林を見おろした。

「なにっ」

藤林が驚愕した。

「大奥で上様が……どういうことだ」

「気づいてないのか……堕《お》ちたものだな。伊賀者も」

併右衛門は嘆息した。

「探索方《たんさくかた》をお庭番にもっていかれるわけだ。少し落ち着いて考えよ」

「…………」

言われた藤林が黙った。

「法要か」

「他にあるか」

「しかし、あの法要は御台さまの願いで、老中が認めたもの。それでなぜ上様が……」

藤林が疑いの目を併右衛門へ向けた。

「そこまで面倒見られるか。少しは動け。考えろ」

併右衛門はあきれた。

「大奥の警衛は、伊賀の任。上様に万一があれば、誰も庇《かば》えぬとわかっておるはず。たとえ越中守でもな」

「…………」

「手を差し伸べてもらえると思っていたのなら、愚かだ。どこへ逃げようとも、かならず探し出される。お庭番はしつこいぞ。いや、その前に口封じされる。執政の怖ろしさを伊賀は知らぬと見える」

「待て」

「水原さま、失礼いたしますぞ」

大声を出すことで、併右衛門は藤林の動きを牽制《けんせい》した。

「終わったのか」

「はい。ご好意を感謝いたしまする。なにかございましたおりは、わたくしにお話をくだされば」

言外に併右衛門は、水原へ便宜《べんぎ》をはかると告げた。

「そのときは頼む」

最初とは打って変わった機嫌のよい顔で水原が見送ってくれた。

大奥の警衛はお広敷伊賀者の任である。もし、大奥で将軍が襲われ死ぬようなことがあれば、いや、傷の一つでも負えば、その責はお広敷伊賀者に来る。たとえ、老中奉書が出ていても、関係ないのだ。いや、老中が、その罪を逃れるために、率先して伊賀者を生け贄《いけにえ》にしかねない。併右衛門の言葉は、伊賀の終焉《しゅうえん》を告げたに等しい。藤林の顔色は紙のように白くなっていた。

「ご用人さま」

藤林が呼びかけた。

「なんじゃ」

「この度《たび》の大奥ご法要について、お教え願えましょうか」

「伊賀にはかかわりないはずだぞ」

訊かれた水原が面倒臭そうに返した。

「是非《ぜひ》にお願い申しあげまする」

すがるように藤林が頼んだ。

「奥右筆になにか言われたか」

水原が見抜いた。

「はい」

藤林が認めた。

「みょうなことになるのではなかろうな」

併右衛門と伊賀者の確執を水原は知っている。念を押した。

「けっしてご迷惑はかけませせぬ」

はっきりと藤林が保証した。

「一度しか言わぬぞ。二十日、四つ（午前十時ごろ）に寛永寺より導師《どうし》三人、介添え僧五人が七つ口へ到着。ご対面所にて御台所さまとお顔合わせ。四つ半（午前十一時ごろ）、お仏間にて法要開始。同時刻上の御錠口《ごじょうぐち》より上様お渡り、正午ご法要終了。上様、中奥へ御台さまお局《つぼね》へお戻り。僧侶大奥退出。このようになっている」

「我らはついて参らずともよろしいのでございまするか」

藤林が問うた。

大奥へ職人や、大奥女中に雇われ買いものなどを代行する小者の五菜《ごさい》が入るとき、かならず伊賀者が監視についた。

「将軍家菩提寺の高僧の方々に伊賀者をつけれるはずもなかろう」

「しかしっ」

「法要の間どうするつもりだ。まさか、伊賀者の分際で上様とお仏間で同席するなどと申すのではあるまいな」

「……それは」

叱《しか》りつけるような水原の言葉に、藤林が萎縮した。

「今回の法要は、大奥始まって以来初めてのことなのだ。なにごともなく終わってくれねば、お広敷の責任となる。わかったならば、大人《おとな》しくしておれ」

命じて水原がお広敷用人控えへと帰った。

「はっ」

お広敷伊賀者の直接の上司はお広敷番頭《ばんがしら》であって、お広敷用人ではない。しかし、お広敷の長《おさ》は、お広敷用人である。藤林は頭を下げるしかなかった。

藤林は、伊賀者詰め所を出て、伊賀者番所へと向かった。

「どうした、組頭」

「大奥にくの一は四人だったな」

藤林が確認した。

お広敷伊賀者は、大奥の下働き、お目見え以上の女中二人、お末《すえ》の女中に二人のくの一を入れていた。

「それがなにか。摘《つむ》の後には遣《つか》えぬぞ。閨《ねや》の技を教えておらぬ」

なかにいた壮年の伊賀者が否定した。

「そうではない。大奥へ入れることのできるくの一はもうおらぬか」

増員をと藤林が言った。

「無理じゃ。二人失ったばかりぞ。今、組屋敷にはくの一と呼べるだけの女はおらぬ」

　壮年の伊賀者が首を振った。

　伊賀の女すべてがくの一になるわけではなかった。男はすべて忍の修業を科されるが、女は見目麗《みめうるわ》しいか、あるいは体術に優れているものだけであった。女には子を産むという任がある。くの一になると、身を退くまで子をなすことができなくなる。それでは、伊賀の血が続かない。

「なんとかならぬか」

「どうしたというのだ、組頭」

　焦《あせ》る藤林に、壮年の伊賀者が訊いた。

「大奥で上様が襲われるやも知れぬ」

「馬鹿を……真《まこと》か」

　一笑しかけた壮年の伊賀者が、藤林の顔を見て表情を変えた。

「手の者は何人空《あ》いている」

「空いてなどおらぬ。神田館《かんだやかた》へ張りつかせておるのを忘れたか。どうしたのだ。いつもの組頭らしくないぞ。少し落ち着け」

　壮年の伊賀者が、危惧《きぐ》した。

「……神田館。くそっ。はめられたわ」

藤林が唇《くちびる》を嚙《か》んだ。

「どういうことだ」

「越中守め。伊賀まで潰《つぶ》す気だ。おのれ、最初からそのつもりだったな」

苦い顔で藤林が喋《しゃべ》った。

「命を狙った奥右筆組頭に助けられるとはな」

壮年の伊賀者が、嘆息した。

先日、お広敷伊賀者は、過去の探索御用の余禄《よろく》に手に入れようとした併右衛門を、遺恨に見せかけた殿中《でんちゅう》刃傷《にんじょう》で殺そうとして失敗していた。

「神田館に張りついている者を呼び戻せ。大奥へ忍ばせろ」

「前夜からでいいな」

命《めい》に、壮年の伊賀者が確認した。

「ああ。あまり早くからでは、臭《にお》う」

藤林が首肯した。

敵陣で忍ぶのが忍者である。しかし、人であるかぎり、日数を重ねればどうしても体臭が出た。

「おのれ、越中守。伊賀者をはめた償《つぐな》いはしてもらう」

呪《のろ》うような声で藤林が吐《は》き捨てた。

「奥右筆組頭も生かしてはおけぬぞ」

壮年の伊賀者が言った。

「ああ、我らの油断を知る者は、生かしておけぬ」

冷たい声で藤林が宣した。

三

二十日は快晴であった。

「寛永寺よりまかりこしました。僧正覚蟬《かくぜん》でござる。付き従うは僧都《そうず》海青《かいせい》、天壇《てんだん》以下五名」

三つの駕籠《かご》が江戸城平河門《ひらかわもん》へついた。後ろに徒歩《かち》の僧侶が五人付き従っていた。

「どうぞ」

三つの駕籠は、特に許されて七つ口まで運ばれた。

「ようこそ、おいでくださいました」

水原市之亮が出迎えた。

「お世話になりまする」

紫の衣を着た覚蟬が、堂々と駕籠から降りた。

「どうぞ。御対面所までご案内いたしまする」

大奥の来客を接待する御対面所までは、男子でも入れた。

「こちらで、しばしお待ちくださいませ」

「ご苦労さまでございましたな」

戻っていく水原を、覚蟬がにこやかに見送った。

「お茶をお持ちいたしましてございまする」

接待が奥女中に代わった。

「お気遣いかたじけのうございまする」

合掌《がっしょう》して覚蟬が、茶を飲んだ。

「まもなく御台所さま、お見えになられまする。ご一同、お控えを」

茶を一服したころ、先触れの女中が対面所へ報せに来た。

「皆、ご無礼のないようにな」

覚蟬が、姿勢を正した。

「承知いたしておりまする」

海青以下、七人が首肯《しゆこう》した。

「…………」

襖《ふすま》が開いて、まず長刀《なぎなた》を持った別式女《べつしきめ》が、部屋のなかをあらためた。

「どうぞ」

別式女が襖の左右へと動き、その間から少し歳を取った女中が一人入ってきた。その後ろに御台所茂姫がいた。

茂姫を上座に、その少し手前に歳を取った女中が座った。

覚蟬たちが深く頭を下げた。

「御台さま付き年寄《としより》初島でございまする」

まず歳を取った女中が名乗った。

「こちらが御台所さまにおわす」

初島が紹介した。

「寛永寺の僧覚蟬以下八名にございまする」

「面《おもて》を上げるがよい」

澄んだ声で茂姫が、名乗った覚蟬たちへ話しかけた。

「ご無礼を」

まず覚蟬が顔をあげ、順に海青たちが続いた。

「本日は、よく来てくれました。礼を言う」

「いえ。こちらこそお招きをいただき光栄に存じまする」

覚蟬が茂姫に応じた。

「御台さま」

「うむ」

初島の合図に茂姫がうなずいた。

「法話など聞かせてもらいたいところではあるが、上様お見えの刻限に近い。話は法要の後の楽しみにしておく」

茂姫が残念そうに言った。

「はい。では、のちほど、おもしろいお話をさせていただきましょう」

ほほえみながら覚蟬が述べた。

「御台さま、お立ちになる。一同、控えい」

先触れをした女中が、ふたたび声を出した。

「はっ」

覚蟬たちがふたたび頭《こうべ》を垂れた。

衣擦《きぬず》れの音をさせて、茂姫が初島を供に対面所を出て行った。おつきの女中たちも後に続き、対面所には覚蟬たちだけが残された。

「顔を覚えたであろうな」

小声で覚蟬が確認した。

「薩摩との約束じゃ。御台所には傷を付けるな」

「わかっておりまする」

海青が答えた。

「開始は、儂《わし》が二度目に香をくべたときにな」

「任せられよ。一撃で、将軍の首、へし折ってくれる」

介添え僧に化けたお山衆が大きく首を縦に振った。

「女武芸者に注意をいたせ」

「あのていど、気にするまでもない」

お山衆の一人が鼻先で笑った。

「その傲慢《ごうまん》が、品川《しながわ》での失敗につながったのだ」

覚蟬がたしなめた。

「うっ」

叱られたお山衆が、詰まった。

「生きて帰ることの許されぬ身じゃ。死したる者たちへの供養としてもなさせねばならぬ」

「はい」

天壇が首肯した。

「お仏間へご案内をいたしまする」

また新しい女中が姿を現した。

「こちらへ」

女中が覚蟬たちを促した。

「お願いいたしまする」

覚蟬たちが従った。

大奥の仏間は、対面所から少し奥まったところにあった。これは、毎朝、将軍が先祖のもとへ挨拶《あいさつ》に来るため、あまり奥深い場所だと、行き来に手間がかかりすぎる。ために上の御錠口《ごじょうぐち》から、さほど離れていないところに設けられたのである。

「こちらでございまする」

仏間の前で、女中の仕事は終わった。

「なかへ」

仏間を担当する中臈《ちゅうろう》が、襖《ふすま》を開いた。

将軍の手がついていないお清《きよ》の中臈が、仏間の世話を担っていた。

「ごめんなされませよ」

一瞬足を止めて一礼した覚蟬が、仏間へと足を踏み入れた。

「これは見事な」

覚蟬が感嘆した。

仏間の奥に、歴代将軍、御台所、将軍の親たちの位牌《いはい》を納めた巨大な仏壇が据《す》えられていた。金箔《きんぱく》をふんだんに使い、人の二人や三人、余裕で入るほどの大きさであった。

「仏壇が大きく豪華であれば、極楽浄土へ行けると勘違いしているらしいの」

小さく覚蟬が嘆息した。

「今日にも新たな位牌が加わり、続いて十二代となるべき者も入るのでございます。大きくなければ、困りましょう」

海青が嘲笑《ちょうしょう》した。

「そうよな。ならば、仏壇におわす御仏《みほとけ》へ、お迎えのお願いをいたそう」

覚蟬が、数珠《じゅず》をたぐった。

巨大な仏壇の正面に覚蟬が、その半歩後ろに海青と天壇が座った。介添え役の僧侶は、その一間（約一・八メートル）ほど後ろで横一列となった。

「蠟燭《ろうそく》は……灯《とも》してござるな。香炉《こうろ》に炭は……見事な埋《うず》み火《び》具合。さすがでございまする」

用意を確認した覚蟬が、感心した。

「お香をくべさせていただきまする」

横で見ているお清の中臈に断って、覚蟬が香をくべた。すぐに香りが立ちあがった。

「南無阿弥陀仏《なむあみだぶつ》」

数珠を軽くすりあわせながら、覚蟬が念仏を口にした。

「御台所さま、上様、お見えにございまする」

仏間の外で控えていた奥女中が、声を張りあげた。

大奥では御台所が格上になるため、茂姫が最初になる。

「控えよ」

奥女中が、襖際《ぎわ》で平伏した。

「…………」

覚蟬たちも深く腰を曲げた。

将軍と御台所は、海青たちと介添え役の僧侶との間に座した。御台所付きの年寄初島、大奥上臈《じょうろう》の三人が、その後ろに腰を下ろした。部屋の襖際に目見え以上の女中が並び、最後に長刀を構えた別式女二名が部屋の隅で警固《けいご》についた。

「ふっ。武器がきたわ」

介添え僧が小さく笑った。

「御坊」

お清の中﨟が、小声で合図した。

「承知つかまつった。御法要を始めさせていただきまする」

叩頭《こうとう》した覚蟬が腰を伸ばし、読経を始めた。

朗々たる覚蟬の声に、海青、天壇が唱和し、介添え役の僧侶たちが、木魚《もくぎょ》や銅鑼《どら》などを合わせるように鳴らした。

「……阿弥陀仏」

右手を伸ばして、覚蟬が二度目の香を握った。

「…………」

木魚を叩《たた》いていた介添え僧が、腰を浮かせた。

香がくべられた。

「はっ」

介添え僧が、家斉へ襲いかかった。

「ぐえっ」

その喉《のど》へ深々と棒手裏剣《ぼうしゅりけん》が突き刺さった。

「上様」

天井裏から、伊賀者が四人、家斉の身体《からだ》を囲むように落ちてきた。

「なにごとぞ」

家斉が問うた。

「この者ども、上様のお命を狙っておりまする」

藤林が告げた。

「ちい。邪魔を」

別の介添え僧が、伊賀者へつかみかかった。

「…………」

将軍の前で抜き身を出すわけにはいかないと、伊賀者は忍刀ではなく、手裏剣を武器に迎え撃った。

「御台を」

家斉が茂姫を気遣った。

「ご案じなく」

茂姫の手前に、二人の奥女中が立った。大奥に潜ませてあったくの一である。他の女中たちは、驚きで腰を抜かしていた。

「上様」

気遣う茂姫の両脇を奥女中二人が挟《はさ》むようにした。

「こちらへ」

すばやく茂姫の手を引いて、仏間から逃げた。

「よこせ」

ひときわ身体の大きな介添え僧が、別式女を襲い、その長刀を奪おうとした。

「させぬ」

別式女が長刀を振った。

「甘い」

一歩踏みこんで介添え僧が、脇で長刀の柄を挟むようにして止めた。

「離せ」

別式女が焦《あせ》った。力任せに長刀を引き抜こうとしたが、抑えられて動かない。

「お前がな」

介添え僧が、顔色を変えた別式女を蹴り飛ばした。

「ぐっ」

みぞおちを蹴られた別式女が気を失った。

「仏敵、家斉、死ね」

長刀を手に入れた介添え僧が、家斉へ迫ろうとした。

「させませぬ」

もう一人の別式女が、長刀で攻撃を加えた。

「ええい、面倒な」

介添え僧が、長刀で受けた。

柄と柄がぶつかった。

「しゃあ」

別式女がそこを支点に長刀を回し、突いた。

「ぐえっ」

急な変化についていけなかった介添え僧が胸を貫かれて死んだ。

「やるな。この女武芸者の相手は、拙僧《せっそう》がする。おぬしは、伊賀者を」

天壇に声をかけた海青が、別式女目がけて拳《こぶし》を出した。

「…………」

足送りで別式女が避けた。

「ただの女中ではないな」

苦い顔をしながら、海青が拳と足で攻撃を続けた。

天壇が、家斉を守っている伊賀者へ飛びかかった。

「かあああっ」

手にしていた数珠を天壇が振った。

「ぎゃっ」

数珠を左腕で受けた伊賀者が苦鳴を漏《も》らした。

「鉄でできた数珠じゃ。当たれば肉を裂き、骨を割るぞ」

天壇が笑った。

「下がれ」

怪我をした伊賀者を、藤林が退かせた。

「上様の盾《たて》となれ」

代わりに前に出た藤林が命じた。

「ふん」

陣形の崩れを天壇は逃さなかった。

前へと動いた藤林の、体勢の乱れをついて、数珠を振った。

「はっ」

音をたてて数珠が、藤林の頭を狙った。

「…………」

一瞬沈んだ藤林が、曲げた膝《ひざ》を利用して、斜め上へと伸びた。

「なっ」

天壇が慌《あわ》てた。

「あたらなければ、どうということはない」

藤林は、間合いを詰めて、天壇の数珠を持った右手の肘《ひじ》を押さえていた。

「くっ」

天壇が振りほどこうともがいた。

「ふん」

小さな気合いを出して、藤林が天壇の肘を上に突きあげた。

「ぎゃああ」

肘の関節を砕かれた天壇が絶叫した。

「慮外者《りよがいもの》めが」

痛みでできた隙《すき》を藤林は見逃さなかった。天壇の喉《のど》へ、藤林が棒手裏剣を突き立てた。

「かふっ」

声もなく、天壇が死んだ。

「おのれっ」

残っていた介添え僧が、勢いを付けて伊賀者の壁へ突っこんだ。

「…………」

無言で伊賀者が応じた。

すでに数では逆転していた。

「がっ」

伊賀者の腹へ蹴りを入れようとした介添え僧は、足の裏に棒手裏剣を突き立てられて、転がった。

「こいつめえ」

絞め技で伊賀者の首を絞めようとした介添え僧は、がら空きとなった両脇に手裏剣を刺されて、絶息した。

「残るは二人」

藤林が、別式女と戦っている海青へ目をやった。

「捕まえた」

長刀のけら首を、海青が右手で摑《つか》んだ。

「離せば命までとらぬ」

海青が別式女に言った。

「…………」

無言で別式女が長刀から手を離した。

「よし」

喜色を浮かべた海青が、長刀のけら首から右手を離し、柄へと伸ばした。

「やあ」

別式女が、最初の介添え僧の手から落ちて転がっていた長刀の柄を踏んだ。

「あ……」

柄の尻を踏まれて、長刀が起きあがり、その刃先が海青の内ももを斬った。袈裟《けさ》が裂け、鮮血が散った。

「女めえええ」

海青が怒声をあげた。

「図に乗りおって」

持ち替えた長刀で、海青が別式女を斬ろうとした。

「どちらが」

小さく笑って、別式女が踏みこんだ。

長刀や槍は柄の長いぶん、遠い間合いから攻撃できるが、手元に入りこまれると、取り回しがききにくくなる。

「こいつ」

海青が長刀を手元へ繰りこもうとした。

「遅い」

別式女が、海青と接するほど近くに間合いを詰め、裾《すそ》が乱れるのも気にせず、蹴った。

「ぐっ」

左臑《ひだりすね》を強く蹴られて、海青が痛みに呻《うめ》いた。胸の中央と並んで、臑は人体の急所である。肉薄で、皮一枚下に骨があるような状態のため、衝撃が緩和されず、直接骨の髄《ずい》に響く。

「まだまだあ」

それでも海青は体勢を崩さず、耐えた。

「このおお」

海青が長刀の柄で、別式女の左脇腹を打った。

「つうう」

顔をしかめたが、別式女は攻撃の手を緩めなかった。下がって間合いを空ければ、長刀の餌食《えじき》になるからだ。別式女は、背伸びをするように身体を伸ばし、指先を立てて海青の目を突いた。

「なんの」

首を反《そ》らせて海青が避けた。

「かかったな」

別式女の手首が曲がり、目ではなく首へと目標を変えた。

「ぐえええ」

喉仏の横は急所である。そこを突かれて海青が呻いた。首の血脈を強く圧迫されると人は気を失う。意識を落とされた海青が崩れた。

「…………」

倒れた海青を、別式女が襷《たすき》を解《ほど》いて、拘束した。

「坊主、残るはおまえだけだ」

覚蟬の喉へ、藤林が手裏剣を突きつけた。

「じんばら、はらばりたや、吽《うん》」

動じることなく覚蟬が、光明真言《こうみょうしんごん》を唱え終わった。

「……手向かいはいたしませぬ」

覚蟬が合掌《がっしょう》した。

「終わったか」

家斉が立ちあがった。

「はっ」

藤林を始めとした伊賀者が膝を突いて、頭《こうべ》を垂れた。

「伊賀者か。ご苦労であった。のちほど、褒美《ほうび》をくれよう」

「かたじけなき仰《おお》せ」

深く藤林が平伏した。

褒美をもらえるということは、伊賀者の過去の罪の精算はすんだとの意味である。

「香枝《かえ》であったか」

「はい」

平伏している別式女へ、家斉が声をかけた。

香枝はお庭番村垣家の娘であった。大奥での家斉警固のために送りこまれ、普段は厠番《かわやばん》をしていた。

「今日は厠ではないのか」

「はい。気になることがございましたので、別式女に扮《ふん》し、お側《そば》に控えておりました」

問われて香枝が答えた。

「気になることとはなんじゃ」

重ねて家斉が尋ねた。

「昨日より、大奥にて男の匂《にお》いがいたしましたので」

ちらと香枝が、伊賀者を見た。

「いささか、わたくしは鼻がききますゆえ」

香枝が恥ずかしそうに顔を伏せた。

「そうか。男の匂いか」

笑いながら家斉が、藤林を見た。

「畏《おそ》れ入りまする」

藤林が深く頭を下げた。

「上様、中奥へお戻りを願いまする」

血で汚れたところに将軍をいさせるわけにはいかないと、藤林が促した。

「待て」

家斉が制した。

「坊主。覚蟬とか申したの」

高手小手《たかてこて》に縛《しば》られている覚蟬へ、家斉が呼びかけた。

「はい」

落ち着いて覚蟬が首肯した。

「なぜ、躬《み》を狙った」

家斉が訊いた。

「……恨みでございまする」

淡々と覚蟬が答えた。

「恨み……坊主の恨みを買った覚えはないぞ」

大きく家斉が首をかしげた。

「上様にではございませぬ。寛永寺にでござる」

覚蟬が告げた。

「寛永寺にだと」

「はい。わたくしはもと寛永寺の僧侶で寺内一といわれた学僧でございました。公澄法親王さまのご信頼も厚く、次の別当職はまちがいないと噂され、わたくしもそうだと信じておりました」

驚く家斉へ、覚蟬が話した。

「しかし、わたくしの出世を快く思わぬ者が、寛永寺にはおりました。そやつが、わたくしを罠にはめたのでございまする。風寒《ふうかん》で体調を崩したわたくしに、薬湯だとして酒を飲ませ、意識が朦朧《もうろう》としたところで、隣に裸の女を寝かせたのでございまする」

「酒と女か」

「はい。わたくしは、それで寛永寺を追われました。六歳で仏門に入ってから、五十年の間、一日も休まず修行をし、ようやく僧正の地位まで昇ったのが、たった一夜で無にされたのでございまする」

悔しそうな顔で覚蟬が語った。

「破戒僧がどのような目に遭《あ》うか、ご存じでございましょうや」

「知らぬ」

家斉が首を振った。

「口に生の鰯《いわし》をくわえさせられ、褌《ふんどし》一つで山門から放り出されるのでございまする」

「ほう」

「昨日まで、紫の法衣を身に纏《まと》い、何十人という弟子僧たちに傅《かしず》かれていたわたくしが、衆人が見守るなか、裸で放逐《ほうちく》された。この無念さ、恥ずかしさ、おわかりにはなりますまい」

覚蟬が表情をゆがめた。

「なにより、その日から食いものにさえ困るのでございまする。歳老いて力仕事もできぬわたくしは、願人《がんにん》坊主にならざるをえませんでした」

「願人坊主とはなんだ」

わからぬと家斉が問うた。

「願人坊主とは、人にあらざる身分のもの」

答えたのは藤林《ふじばやし》であった。

「もとは、人に代わって代参や、修行をおこなう僧体の者であったと言われまする。今では、門前で経を唱えたり、怪しげな札《ふだ》を売ったりして、一文、二文の金をもらい、世すぎをする。物乞《ものご》い同様の下賤《げせん》なものでございまする」

「ほう。僧正からそこまで落とされたのか」

家斉が驚いた。

「なんども死にかけましてございまする。熱を出しても看病してくれる者はおりませぬ。雨が続けば、門付けに出られませぬゆえ、飯が喰《く》えませぬ。毎日毎夜、恨まぬ日はございませなんだ」

覚蟬が目を閉じた。

「しかし、それならば、寛永寺ではなく、そなたを陥れた者を恨むべきであろう」

「誰も庇《かば》ってくれなかったのでございまする。はめた者はともかく、わたくしに教えを請うていた者まで、一人として弁護してくれませなんだ。坊主憎ければ袈裟《けさ》まで憎いと世に申しまする。わたくしは、寛永寺のすべてが憎い」

かっと覚蟬が目を見開いた。

「かといって、願人坊主あたりが、どれほど騒いでも、寛永寺には痛くもかゆくもありますまい」

「それで今回暴挙に出たのか」

「はい。寛永寺の僧侶が将軍を害する。いかに三代将軍家光さま発願《ほつがん》の祈願所、徳川家の菩提寺といえども、ただではすみませぬ」

「うむ。潰すことになろう」

はっきりと家斉が言った。

「そう考えたのでございまする。この供していた者も皆、寛永寺を放り出された者ばかり」

覚蟬の話が終わった。

「理由はわかったが、どうやって今回の法要のことを知った」

家斉が疑問を呈した。

「寛永寺には、わたくしを慕ってくれる者が、まだ何人かおりまする。法要の日時を報せてくれて、寛永寺に法要の日延べを伝えてくれました」

「なるほどな。その者の名前を申せ」

「言えようはずもございますまい」

きっぱりと覚蟬が拒絶した。

「拷問《ごうもん》にかけてもよいのだぞ」

「身体の痛みなど、心の痛みに比べれば、さしたるものではございませぬ」

脅《おど》しにも覚蟬は屈しなかった。

「ならば、あの者に訊く」

縛られている海青を家斉は見た。

「無駄でございますな。あの者は、わたくしについてきただけ。詳細はなにも知りませぬ。ここに倒れている者、皆、ただ、寛永寺に復讐《ふくしゅう》できるという思いだけで、命を賭けたのでございまする」

覚蟬が述べた。

「ことは破れました。最初から生きて帰るつもりはございませなんだが、すべてを賭けても、無駄でございましたな。これならば、寛永寺に火でも付けておけばよかった」

大きく覚蟬が嘆息した。

「物騒なことを口にするな。寛永寺が燃えれば、江戸の町にも火は及ぶ。庶民の難儀を救う僧侶のすることではなかろう」

　厳しく家斉が断じた。

「己の難儀をどうにもできぬ者に、庶民を助けることなどできませぬよ」

　覚蟬が言い返した。

「さて、殺していただきましょうか。命を代償《だいしょう》に呪《じゅ》を発しましょうぞ。いつか寛永寺の屋台骨をゆがめて見せまする」

「わかった。藤林、他人目《ひとめ》につかぬところでこやつの首を刎《は》ねよ」

　もういいと家斉が命じた。

「よろしゅうございますので。わたくしどもにお任せいただければ、かならず、喋らせてみまする」

　藤林が進言した。

「もうよい。これ以上は不要じゃ。今後伊賀組は、躬《み》の指示にのみ従え。勝手なまねは許さぬ」

　家斉が余計なことをするなと釘を刺した。

「大奥の者どもよ」

「な、なにか」

腰を抜かしていた初島が、あわてて返答した。

「このこと、いっさい他言を禁じる。法要に来た僧侶が躬の命を狙ったとなれば、法要を望んだ茂の責となる」

それこそ御台所が将軍の命を狙ったとなりかねない。

「…………」

「もし、話が漏《も》れたならば、ここにおる奥女中、皆の命はないと思え」

冷たく家斉が宣した。

「は、はい」

初島が震えながら、うなずいた。


中奥へと戻った家斉は、庭へ出た。

「申しわけございません」

四阿《あずまや》の前でお庭番村垣源内《にわばんむらがきげんない》が平伏していた。

「香枝から聞いたか」

「畏《おそ》れ入りまする」

顔もあげず、村垣が答えた。

「手が足りぬか」

「……………」

村垣が沈黙した。お庭番の数は少ない。だが、それを理由にして許されることではなかった。

「なんとかお庭番を増やす」

「かたじけなき仰せ」

地に村垣が額をつけた。

「あの坊主、よろしゅうございましたので」

「覚蟬とやらか」

「はい」

村垣が首肯した。

「偽りだろうな」

あっさりと家斉が言った。

「寛永寺のなかに協力者がいたとしても、偽りの法要日延べなど、無茶にもほどがある。なにより、御台の願いで法要が執りおこなわれると決まってから、さして余裕があったわけではない。その間に、人を集め、道具立てをそろえるのは無理であろう。

とくに、願人坊主が、紫衣を用意するなどできるはずもない。衣装は借りたとしても、駕籠の費用はどうする。その日暮らしの者には払えまい」

「ご明察でございまする」

「なにより、あの坊主は、腐っていなかった。恨みを日々重ねたならば、あのように矜持《きょうじ》を持ったままではおれまい」

家斉は見抜いていた。

「寛永寺が」

「うむ、後ろには寛永寺が、いや、朝廷がある」

はっきりと家斉が言い切った。

「では先日の鷹狩りの僧兵も」

「そう考えるしかあるまい」

村垣の確認に家斉が首肯した。

「なぜ……」

「喰《く》うや喰わずだからであろうな。朝廷は。裕福ならば、誰も争う気にもなるまい。かといって、待遇をよくするわけにもいくまい。代々、それでやってきたのだ。躬の代で変えるのは、要らぬ噂《うわさ》を呼ぶ。それに禄《ろく》を増やしてやった当初は満足するだろうが、すぐにそれになれ、新たな不満を言い出す。不満が不満を呼べば、朝廷といえども放置できなくなる」

家斉が首を振った。

「…………」

無言で村垣が返答をさけた。

「そんなことより、問題は越中守よ。鷹狩りといい、この度のことといい」

「やはり越中守さまが」

「奥右筆をとおさず、表右筆を使うなど、そのあたりの老中が考えつくことではない。その裏にも気づかず、老中奉書を与えるなど……執政どもも情けない」

苦い顔で家斉が述べた。

「躬の命を狙う者が、もっとも優秀な執政であったというのは皮肉よ。されど、さすがにもう放置もできぬ。一つまちがえば、茂の身に危難が及んだかも知れぬ」

憤怒《ふんぬ》の表情を家斉が初めて浮かべた。

「いかがいたしましょう」

「殺すことはできぬ。あまりにしがらみがありすぎるからな」

訊かれた家斉が、嘆息した。

「だが、これ以上の馬鹿は許せぬ」

「脅しまするか」

「枕元に刀でも突き刺しておけ。越中だけではないぞ、あの執念じゃ、己だけなら折れまい。嫡男にもな」

家斉が命じた。

「はっ」

村垣が消えた。

「気づけよ、越中。これが最後じゃ。次は白河ごと潰すぞ」

一人残った家斉が、空を見上げた。


大奥での騒動は、表に知られず終わった。

「なにもございませなんだな」

二十日の夕刻、併右衛門と加藤仁左衛門は顔を見合わせた。

「やれ、これで前例ができましたな」

加藤仁左衛門が苦笑した。

「なあに、大奥での法要は表右筆の扱いと決まったのでございまする。我らに迷惑はかかりませぬ」

併右衛門が笑った。

「でございましたな」

ほっとした顔を加藤仁左衛門がした。

「さて、ここまでといたしまするか」

「さようでございますな」

組頭が席を立たないと、配下たちは帰ることができない。加藤仁左衛門と併右衛門は、仕事を終えた。

「では、ここで」

屋敷の場所が違う。お納戸御門《なんどごもん》を出たところで、併右衛門は加藤仁左衛門と別れた。

「待たせたか」

「少々」

外桜田門《そとさくらだもん》を出たところで、衛悟が待っていた。

「身形《みなり》が変わったか」

併右衛門が、衛悟の変化に気づいた。

「瑞紀どのが仕立ててくださいました」

照れながら、衛悟が答えた。

「先日からやっておったのは、それか。儂のためと思っておったが……まったく。娘というのは哀しいものよなあ。好《す》いた男ができると、父親のことなどあっさりと忘れおる」

大きく併右衛門が嘆息した。

「もうしわけありませぬ」

衛悟が詫びた。

「まあいいわ。娘と婿《むこ》の仲が悪いより、はるかにましじゃ。さて、帰るぞ」

併右衛門が、歩き出した。

提灯《ちょうちん》を持った中間が先頭を、続いて衛悟、そして併右衛門、最後尾が挟《はさ》み箱《ばこ》を担《かつ》いだ中間《ちゅうげん》と一列になって、一同は麻布《あざぶ》箪笥《たんす》町《まち》を目指した。

「……うわっ」

中間の悲鳴とともに、提灯が消えた。

「くせ者」

衛悟はためらわずに太刀を抜いた。

わずかな月明かりが救いであった。飛来した手裏剣が、ほんの少しとはいえ、光を反射してくれた。

「おうっ、やあ」

太刀の一振りで、衛悟は二本の手裏剣を弾きとばした。

「衛悟」

「下がって。忍《しのび》でござる」

併右衛門へ、衛悟が注意を喚起した。

「忍……伊賀者か。そうか。やはり襲撃はあったのだな」

すぐに併右衛門が気づいた。

「…………」

手裏剣が止まった。

「隠しとおせていたものを、わざわざ報せてしまったな」

併右衛門が、姿の見えぬ敵へ笑って見せた。

「……しゃ」

先ほどよりも多い手裏剣が併右衛門へと投げられた。

「させぬよ」

衛悟が間に割りこみ、すべての手裏剣を落とした。

「より儂を生かしておけぬとなったようだの。上様の命ではあるまい。伊賀の存続のために」

「ちっ」

暗闇から舌打ちが聞こえた。

「行けっ」

手裏剣とともに、伊賀者が襲ってきた。

月明かりしかない夜に忍装束は溶けこむ。衛悟は伊賀者との間合いに苦労した。

「……はっ」

衛悟は伊賀者がぎりぎりのところに近づくまで我慢した。早めに動くわけにはいかなかった。剣の間合いに届かなければ、空を斬ることになる。空振りすると体勢が崩れ、大きな隙《すき》になる。

忍頭巾《しのびずきん》から覗《のぞ》く瞳が見える間合いになって、ようやく衛悟は太刀を落とした。戦場剣術である涼天覚清流《りょうてんかくしんりゅう》の一撃は疾《はや》い。

「がっ」

脳天を割られて、伊賀者が死んだ。

「組を潰すつもりのようだの」

併右衛門が言った。剣を振るったところで衛悟の邪魔になるだけなのだ。併右衛門は言葉で加勢した。

衛悟の背後、屋敷の壁を背中にして、併右衛門は続けた。

「儂を殺しても、口封じにはならぬぞ。この度の法要、表右筆を使ったとはいえ、我ら奥右筆が気づかぬはずはない。次第は、儂だけでなく、他の奥右筆も知っている。儂が死ねば、伊賀者の相続はいっさい止まるぞ」

「…………」

「それとも今夜中にすべての奥右筆を殺すか。殺せたところで、明日どうやって糊塗《こと》する。奥右筆が一人もいなくなれば、幕政はたちまち滞《とどこお》る。目付たちが動くぞ。その前に、上様が黙っておられまい」

「止《や》めよ」

藤林が声を出すと、手裏剣の飛来が止んだ。月明かりのなかに、藤林が姿を見せた。

「儂も喋らぬ。そちらも語らぬ。今日はなにもなかった。そうであろう」

衛悟の陰から出た併右衛門が声をかけた。

「立花どの」

あわてる衛悟を制して、併右衛門が藤林と対峙した。

「なにより、儂以上に腹立たしい人がおるはずじゃ」

「散」

藤林の一声で、伊賀者の気配がなくなった。

「もう会うこともあるまい」

死んだ伊賀者を抱えながら、藤林が言った。

「そう願いたいものだ。会うたびに殺されかかるなどたまらぬ、奥右筆は筆の任ぞ。刃《やいば》からもっとも縁遠い役目である」

藤林の言葉に、併右衛門が同意した。

「…………」

藤林が闇のなかへと融けた。

「なにがござったので」

太刀に拭《ぬぐ》いをかけながら衛悟は問うた。

「帰ってからにしてくれ。さすがに疲れた」

併右衛門が手を振った。

寛永寺寒松院《かんしょういん》で待っていた深園が、日の暮れとともにつぶやいた。

「失敗したようでございますな」

「覚蝉たちは」

上座の公澄法親王《ほっしんのう》が、問うた。

「生きておりますまい」

「そうか」

公澄法親王が肩を落とした。

「寛永寺はどうなる」

「なにもございませぬ。幕府の兵が来ておらぬのでございまする。薩摩を、いや、御台所を巻きこんだのが功を奏したようでございますな」

深園が小さく笑った。

「なにを手柄顔に……」

「さて、次の一手にかかりまするか」

「なにっ」

宮の怒りも気にせず、深園が立ちあがった。

「まだやるというか。何人死んだと思っておるのだ」

腰を浮かせて公澄法親王が憤慨《ふんがい》した。

「まだ百にも届きますまい。徳川家が天下を取るまでに、殺したのは万をこえまするぞ」

深園が言い返した。

「天下の権の取り合いなのでございまする。きれいごとでどうにかなるものではございませぬ。それとも徳川に譲ってくれと頭を下げて、お頼みになりますか」

「…………」

現実を突きつけられた公澄法親王が黙った。

「では、お休みなさいませ」

淡々とした態度で、深園が一礼して去っていった。

「覚蟬……すまぬ」

一人残された公澄法親王が泣いた。

法要の失敗を松平定信も悟っていた。

「やはり坊主は使えぬな」

松平定信は嘆息した。

「伊賀をはずしてやったというに、まったく……」

不満を松平定信は酒にぶつけた。

「いよいよ、伊賀者を使うか。伊賀者ならば、まちがいあるまい。毒を盛ることも容《たや》易《す》いはずじゃ」

酔った松平定信は、蕗を抱くこともなく、眠りに落ちた。

「……なんだ。これは……」

夜中、寒気を感じて目を覚ました松平定信は、己の股の間に太刀が刺さっているのを見つけて絶句した。

「馬鹿な。蕗はなにをしていた。誰か……」

松平定信が起きあがり、家臣を呼ぼうとした。

「殿、殿」

用人が走ってきた。

「どうした」

「若殿さまの……ひっ」

報告しかけた用人が太刀を見つけて息を呑んだ。

「お、同じ……」

太刀を指さして用人が震えた。

「なにがあった」

「若殿にも同じことが……」

「なんだと」

聞いた松平定信が驚愕した。

「太郎丸《たろうまる》は無事か」

身を乗り出して松平定信が問うた。太郎丸とは世継ぎ定永《さだなが》の幼名であった。

「定永さまには、お傷もなく」

用人が答えた。

「上様か」

松平定信がつぶやいた。

「なんでございましょう」

聞こえなかった用人が尋ねた。

「よい。蕗はどうしておる」

「……ただちに」

寵愛《ちょうあい》の側室の様子を問われた用人が駆けていった。

「警告か」

太刀を見ながら松平定信が一人ごちた。

「吾《わ》が策、破れたか」

「殿」

用人が戻ってきた。

「どうであった」

「おられませぬ。どこにも蕗さまのお姿はございませぬ」

「なにっ」

報告に松平定信が目を剝《む》いた。

「いかがいたしましょう。人を出して探させましょうや」

「……いや。いい。下がれ」

「しかし……」

「下がれと申した」

声を荒らげて松平定信が怒鳴《どな》りつけた。

「は、はい」

叱られた用人が出て行った。

「伊賀にも見限られたか」

蕗の姿が消えた。それは伊賀との決別を意味した。

「伊賀が上様を守ったか」

江戸城を騒がせた伊賀者が、生き残るには、一橋治済と袂《たもと》を分かった今、松平定信に頼るしかない。その松平定信の下から人質といっていい伊賀の女が消えた。それがなにを意味するか、すぐに松平定信は理解した。

「沈みゆく船から鼠《ねずみ》は逃げ出すという。将軍の世継ぎになりかねたときが、我が人生船出の躓《つまず》き。将軍世子として西丸老中や若年寄を従えての船出となるはずが、ただ一艘《そう》で白河へ。憎き田沼へ腰を曲げてやっと得た老中を大奥と一橋に奪われ、吾《わ》が船は寄《よ》る辺《べ》を失い、今日、ついに船底へ大穴が空いてしまった。もう、動けぬな」

松平定信が、大きく息を吐《つ》いた。

突き刺さっている太刀を松平定信は抜いた。

「太郎丸を死なせるわけにはいかぬ。吾が策は破れたが、血を継いでいけばいずれ復権の日も来る」

松平定信がつぶやいた。

本書は文庫書下ろし作品です

|著者| 上田秀人　1959年大阪府生まれ。大阪歯科大学卒。'97年小説CLUB新人賞佳作。歴史知識に裏打ちされた骨太の作風で注目を集める。講談社文庫の「奥右筆秘帳」シリーズは、「この時代小説がすごい！」(宝島社刊) で、2009年版、2014年版と二度にわたり文庫シリーズ第一位に輝き、第3回歴史時代作家クラブ賞シリーズ賞も受賞。抜群の人気を集める。初めて外様の藩を舞台にした「百万石の留守居役」シリーズなど、文庫時代小説の各シリーズのほか歴史小説にも取り組み、『孤闘　立花宗茂』で第16回中山義秀文学賞を受賞。他の著書に『竜は動かず　奥羽越列藩同盟顛末 (上下)』など。総部数は1000万部を超える。2022年第7回吉川英治文庫賞を「百万石の留守居役」シリーズで受賞した。

上田秀人公式HP「如流水の庵」http://www.ueda-hideto.jp/

墨痕《ぼつこん》　奥右筆秘帳《おくゆうひつひちよう》

上田秀人《うえだひでと》

2012年6月15日第1刷発行
2024年11月5日第20刷発行

発行者――篠木和久
発行所――株式会社　講談社
東京都文京区音羽2-12-21　〒112-8001
電話　出版 (03) 5395-3510
　　　販売 (03) 5395-5817
　　　業務 (03) 5395-3615

Printed in Japan

講談社文庫

定価はカバーに表示してあります

KODANSHA

デザイン―菊地信義
本文データ制作―講談社デジタル製作
印刷―――株式会社KPSプロダクツ
製本―――株式会社KPSプロダクツ

ISBN978-4-06-277296-9

講談社文庫刊行の辞

二十一世紀の到来を目睫に望みながら、われわれはいま、人類史上かつて例を見ない巨大な転換期をむかえようとしている。

世界も、日本も、激動の予兆に対する期待とおののきを内に蔵して、未知の時代に歩み入ろうとしている。このときにあたり、創業の人野間清治の「ナショナル・エデュケイター」への志を現代に甦らせようと意図して、われわれはここに古今の文芸作品はいうまでもなく、ひろく人文・社会・自然の諸科学から東西の名著を網羅する、新しい綜合文庫の発刊を決意した。

激動の転換期はまた断絶の時代である。われわれは戦後二十五年間の出版文化のありかたへの深い反省をこめて、この断絶の時代にあえて人間的な持続を求めようとする。いたずらに浮薄な商業主義のあだ花を追い求めることなく、長期にわたって良書に生命をあたえようとつとめるところにしか、今後の出版文化の真の繁栄はあり得ないと信じるからである。

同時にわれわれはこの綜合文庫の刊行を通じて、人文・社会・自然の諸科学が、結局人間の学にほかならないことを立証しようと願っている。かつて知識とは、「汝自身を知る」ことにつきていた。現代社会の瑣末な情報の氾濫のなかから、力強い知識の源泉を掘り起し、技術文明のただなかに、生きた人間の姿を復活させること。それこそわれわれの切なる希求である。

われわれは権威に盲従せず、俗流に媚びることなく、渾然一体となって日本の「草の根」をかたちづくる若く新しい世代の人々に、心をこめてこの新しい綜合文庫をおくり届けたい。それは知識の泉であるとともに感受性のふるさとであり、もっとも有機的に組織され、社会に開かれた万人のための大学をめざしている。大方の支援と協力を衷心より切望してやまない。

一九七一年七月

野間省一

上田秀人作品◆講談社

奥《おく》右《ゆう》筆《ひつ》秘帳 シリーズ

「筆」の力と「剣」の力で、幕政の闇に立ち向かう
圧倒的人気シリーズ！

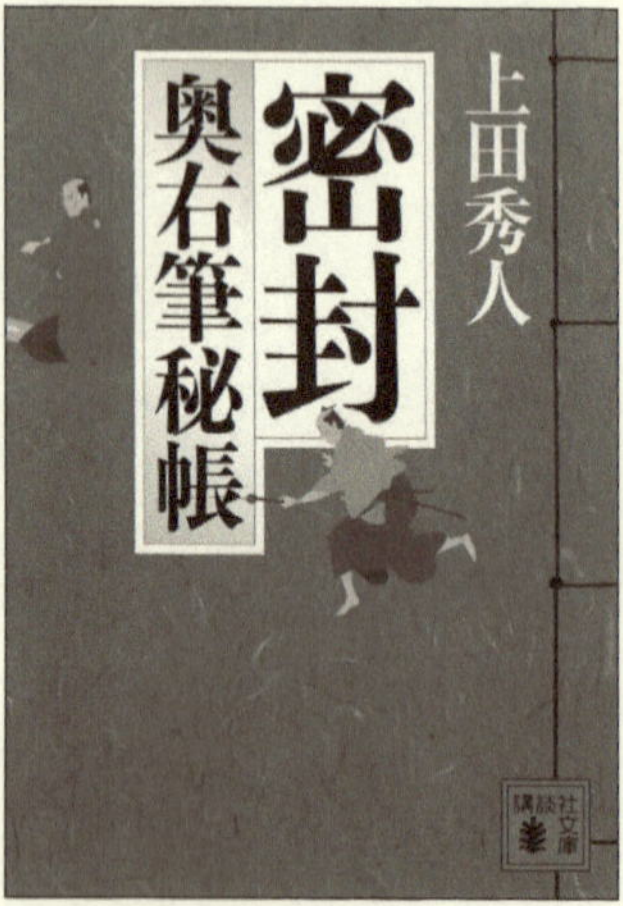

第一巻『密封』2007年9月 講談社文庫

江戸城の書類作成にかかわる奥右筆組頭《おくゆうひつくみがしら》の立花《たちばな》併右衛門《へいえもん》は、幕政の闇にふれる。帰路、命を狙われた併右衛門は隣家の次男、柊衛悟《ひいらぎえいご》を護衛役に雇う。松平定信《まつだいらさだのぶ》、将軍家斉《いえなり》の父・一橋治済《ひとつばしはるさだ》の権をめぐる争い、甲賀《こうが》、伊賀《いが》、お庭番の暗闘に、併右衛門と衛悟は巻き込まれていく。「この時代小説がすごい！」（宝島社刊）でも二度にわたり第一位を獲得したシリーズ！

上田秀人作品◆講談社

第一巻
『密封』
2007年9月
講談社文庫

第二巻
『国禁《こっきん》』
2008年5月
講談社文庫

第三巻
『侵蝕《しんしょく》』
2008年12月
講談社文庫

第四巻
『継承』
2009年6月
講談社文庫

第五巻
『簒奪《さんだつ》』
2009年12月
講談社文庫

第六巻
『秘闘』
2010年6月
講談社文庫

第七巻
『隠密』
2010年12月
講談社文庫

第八巻
『刃傷』
2011年6月
講談社文庫

第九巻
『召抱《めしかかえ》』
2011年12月
講談社文庫

第十巻
『墨痕《ぼっこん》』
2012年6月
講談社文庫

第十一巻
『天下』
2012年12月
講談社文庫

第十二巻
『決戦』
2013年6月
講談社文庫

〈全十二巻完結〉

前夜 奥右筆外伝

併右衛門、衛悟、瑞紀《みずき》をはじめ
宿敵となる冥府防人《めいふさきもり》らそれぞれの
「前夜」を描く上田作品初の外伝！

2016年4月
講談社文庫

講談社文庫 目録

2024年9月13日現在